小さな命を隠した花嫁

クリスティン・リマー 作

川合りりこ 訳

ハーレクイン・イマージュ

東京・ロンドン・トロント・パリ・ニューヨーク・アムステルダム
ハンブルク・ストックホルム・ミラノ・シドニー・マドリッド・ワルシャワ
ブダペスト・リオデジャネイロ・ルクセンブルク・フリブール・ムンバイ

MARRIAGE, BRAVO STYLE!

by Christine Rimmer

Published by Harlequin Japan, a Division of K.K. HarperCollins Japan, 2025

クリスティン・リマー

大型書店やUSAトゥデイ紙のベストセラーリストにたびたび登場する。RITA賞に2作品がノミネートされ、ロマンティックタイムズ誌でも賞を獲得した実力の持ち主。ロマンス小説家になるまで、女優、店員、ビルの管理人など実にさまざまな職業を経験しているが、すべては作家という天職に巡り合うための人生経験だったと振り返る。オクラホマ州に家族と共に住む。

主要登場人物

エレナ・カブレラ……教師。
ハビエル・カブレラ……エレナの父親。
ルース・カブレラ……エレナの母親。
デイビス・ブラボー……ルースの元不倫相手。エレナの実の父親。
アレタ・ブラボー……デイビスの妻。
マーシー・ブラボー……エレナの血のつながらない姉。養女。
ルーク・ブラボー……マーシーの夫。エレナの義兄で異母兄。ブラボー家の三男。
ケイレブ・ブラボー……エレナの異母兄。ブラボー家の五男。
イリーナ・ブラボー……ケイレブの妻。
ビクトル・ルコビッチ……ケイレブの親友。イリーナの兄同然の存在。
ローガン・マードック……ケイレブとビクトルの親友。実業家。
コーマック・マードック……ローガンの上の弟。
ナイル・マードック……ローガンの下の弟。
ブレンダ・マードック……ローガンの末の妹。
ポーリン……ローガンのデート相手。

1

「エレナ、うまく言えないんだが……」

「言えないって、何を？」エレナ・カブレラは、タコスの中身がこぼれ落ちないように慎重な手つきで皿から取った。

「ほかに好きな女性ができてしまったんだ」

口を大きく開けたエレナは、タコスを食べずに皿へ戻した。両手を膝の上に置き、カフェの隅にある小さなテーブルの向かい側に座るアントニオのハンサムな顔を見ながら、心の中でつぶやいた。

毎日ピルをのむ生活も、これで終わりね。

アントニオとつき合いはじめたのは二カ月前。ちょうど二週間前からエレナはピルをのみはじめた。

この人がわたしの初体験を捧《ささ》げる男性になるのだと、ひそかに期待していた。

「きみはとても魅力的な女性だよ、エレナ」アントニオはダークチョコレート色の目で彼女を見つめ、いかにも申し訳なさそうに言った。「互いにもっと夢中になっていいはずだったのに、どういうわけかそうならなかった……」

確かに燃えるような恋ではなかった。でも、それのどこが問題なのだろう？

二十五歳でいまだにバージンだという事実のほうがずっと問題だわ。

別にそれ自体が不満なわけではない。エレナ自身が選択してきた結果なのだから。交際していた相手にベッドに誘われた経験もこれまで何度かあったが、いつも断ってきた。

いつか真実の愛で結ばれる相手と出会うそのときまで、エレナは自分を大切にしたいと思っていた。

嘘《うそ》偽りのない永遠の愛を求めていた。姉のマーシーが、カブレラ家と長きにわたり敵対してきたブラボー家のルークと恋に落ち、困難を乗り越えて真実の愛で結ばれたみたいに。

深い愛情の絆《きずな》で結ばれたエレナの両親のように。

もしくは、かつてエレナがそう信じていた頃の両親のように。

三年前、エレナは自分が父のハビエル・カブレラの本当の娘ではなかったことを知った。さらに実の父親が、カブレラ家の不倶戴天《ふぐたいてん》の敵、ブラボー家の当主デイビスだったことも。母のルースは長年その事実を隠しつづけ、エレナが夫とのあいだにできた娘だと周囲に信じ込ませた。エレナ自身もみずからの出自を疑ったことは一度もなかった。

エレナの両親が、それ以降ずっと別居状態なのは言うまでもない。

真実の愛が訪れることなんて、わたしには永遠にないのかもしれないとエレナは思った。

「エレナ」アントニオが身を乗り出した。彼の前に注文した料理が手つかずのままで放置されている。かなり機嫌を損ねたらしい。「話をちゃんと聞いているかい？」

「あ、ええ。ちゃんと聞いていたわ。ほかに好きな人ができた、だったわね？」

「だからさ、そもそもの問題はそこにあるんだよ。きみだってわかっているんだろう？」

「えっ？」

「ほら、そういうところだ」彼はスペイン語で悪態めいた言葉をつぶやき、すらりとした手で弧を描くしぐさをした。彫刻さながらに整った頬が真っ赤に染まっている。どう見ても腹を立てているとエレナは思った。「きみのそういった態度さ」

「わたしの態度？」

「そうだよ。エレナ、ぼくと二人きりでいるとき、きみはいつも上の空だった」アントニオは料理の皿をテーブルの中央へ押しやり、目に軽蔑の色をはっきりと浮かべて言った。「だが、ぼくはタピーと出会った。きみとは比べものにならないほどすてきな女性だ。彼女はぼくのすばらしさを絶賛してくれる。これこそ男性が女性に求めるものだよ。ぼくだけに尽くし、ぼくの言葉を一心不乱に聞き入ってくれるような女性でなければだめなんだ」

「ちょっと待って。〝お色気むんむん《タピー》〟ですって？　本当にそんな名前なの？」

　アントニオは唇の端を引きつらせて白い歯を見せ、絞り出すような声で言った。「今度は彼女の名前を茶化すのか。ぼくを心から大切にしてくれる女性を。ぼくをこよなく愛する彼女を笑いものにするつもりなんだな、きみという女は」そのうちスペイン語でエレナを激しく罵倒しはじめた。

「ねえ、ちょっと落ち着いて――」

「何も言うな」彼はエレナに向けて手のひらを突き出した。「もうたくさんだ。なんと言って打ち明けようかと悩んだぼくがばかだったよ。別れ話をどう切り出そうと、きみが傷つくわけがないのに」

「アントニオ、お願いだから――」

「おしまいにしよう。二人の愛は終わったんだ」

「それはわかっているわ。あなたがそう言ったもの。でもせめて――」

「やめてくれ」彼は財布を出すと、紙幣を何枚かテーブルへ無造作に放った。「きみはぼくを一度たりとも賛美してくれなかった。ぼくなんか眼中にないってことさ。違うかい？」そう言ってすっくと立ちあがった。「ぼくは真実の愛を見つけたんだ。さよなら、エレナ」

　アントニオは得意げに顎をぐいと上げ、さげすみの視線を彼女に投げるとくるりと背を向け、去っていった。

エレナは彼の後ろ姿には目を向けず、タコスをふたたび手に取ると、うつむいて皿をじっと見つめたまま黙々と食べた。たとえ周囲の人にじろじろ見られていたとしても、顔を上げて確かめたいとは思わなかった。ただでさえ恥ずかしい思いをしたばかりなのだから。

　席を立ち、レジで支払いをしていたとき、携帯電話が鳴った。姉のマーシーからだった。

「エレナ？　今、大丈夫？」姉の声が聞こえた。

　エレナはにっこりほほえんで、レジ係の女性に、お釣りの五ドルはウエイターへのチップだと身ぶりで伝えた。「ええ、大丈夫よ、姉さん」そう答えて駐車場へ続くガラスのドアを開けた。

「ねえ、聞いた？」マーシーが言った。「父さんの会社だけど、売ってほしいって人が現れたそうよ」

　姉妹の父は地元で建設業を営んでいた。ハビエル・カブレラは事業を一から立ちあげ、苦労を重ねながら会社を成長させ、〈カブレラ建設〉のオーナー兼経営者としてこれまで第一線で働いてきた。だが、ここのところ引退の二文字をしきりに口にしている。

「相手はケイレブの古い知り合いですって」

　ケイレブはデイビス・ブラボーの五番目の息子だ。つまりエレナにとっては片方だけ血のつながった兄になる。一方でマーシーにとっては夫ルークの実弟、すなわち義理の弟に当たる。

　カブレラ家とブラボー家。エレナの本当の出自が明らかにされたあと、双方の関係はなんとも複雑なものになった。姉のマーシーはエレナと違ってブラボー家と血のつながりはない。もっと言えば、姉はカブレラ家の血も引いていなかった。五歳のときに父親を、十二歳のときに母親を失い、家族ぐるみのつき合いをしていたカブレラ家に引き取られた養子だからだ。

　エレナは愛車のドアに手をかけながら言った。

「ああ、思い出したわ。ダラスにいる友だちだってケイレブから聞いた気がする。ラーガンなんとかって名前だった。どんな人なのかしらね？」エレナがデイビス・ブラボーの娘だったと暴露されてから数年のあいだに、ケイレブは新たに見つかった妹としてだけではなく、気心の知れた友人としてエレナと頻繁に連絡を取り合う仲になった。

「ラーガンじゃないわ」姉が訂正した。「ローガンよ。ローガン・マードック」

「そうそう。ローガンね」エレナは運転席に乗り込んで車のエンジンをかけ、エアコンを作動させた。アメリカ南西部に位置し、メキシコとの国境に近いテキサス州サンアントニオの街は、まだ四月だというのにほかの都市の八月に匹敵する暑さが連日続いていた。「ケイレブの話では、親から継いだ会社をダラスで経営しているそうだけど」

「〈マードック・ホームズ〉よね。住宅専門の建設会社よ。事業の拡大を目指しているんですって。その人が、昨日この街に着いて、今ちょうど父さんのオフィスに来ているらしいわ」

「へえ、パパのところに？」

「さっき父さんに電話したら、そう言われた」

エレナはエアコンの吹き出し口を調整して、顔に冷たい風が当たる角度にした。涼しくていい感じだ。

「つまり、これからそこへ行って交渉相手の顔を見てこいって言いたいのね？」

マーシーは笑った。「本音を言えば、わたしが行きたいくらいなんだけど、病気持ちの雌牛の世話をしないといけないのよ」姉は牛や馬などの大型動物専門の獣医だった。「そのあとはルーカスを連れて、幼児向けの親子教室に参加する予定なの」ルーカスは夫のルークとのあいだに生まれた二歳の男の子だ。マーシーのお腹《なか》には二人目の子がいて、現在妊娠二カ月だと聞いている。

真実の愛で結ばれた夫、かわいい息子、お腹には二人目の赤ちゃん。姉はすべてを手に入れていた。血のつながりがないとはいえ、エレナはマーシーが大好きだった。でなければ嫉妬の炎に身を焦がしていただろう。

「じゃあ、これからひとっ走り行ってくるわ」エレナは前のめりになってエアコンの風がシャツの前身頃に当たるようにした。「聖金曜日だけど、特に予定もないし」エレナは大学を卒業したあと、中学校で社会科を教えている。今日は祭日で学校は休みだ。

「いいの？　今日はアントニオとランチだと言っていたから、てっきり……」

「ああ、その話ね……」エレナは運転席の背もたれにどすんと寄りかかると、苦々しい表情でフロントガラス越しに見える外の景色に目をやった。

マーシーは声を潜め、心配そうに尋ねた。「何かあったの？」

「タコスを食べながら、別れ話をされちゃった」

「嘘でしょ？」

「本当よ」

「ねえ、大丈夫？」

「まあね。ほかに好きな人ができたんですって」

「何よ、それ。最低」

「新しい彼女の名前はタピーだそうよ」

「あらやだ、つまり――」

「そう、〝お色気むんむん《タピー》〟……笑ってるの？」

「そりゃ笑うわよ。〝お色気むんむん〟ですって？　傑作だわ」

エレナは笑うのをやめるよう姉に言ったが、マーシーの笑い声はいっこうに止まらなかった。やがてエレナも一緒に笑いはじめた。

しばらくしてようやく落ち着きを取り戻した姉が、冷静な声で言った。「とりあえず、失恋のショックで打ちひしがれた様子ではなさそうね」

「そうでもないんだけど。これでもかなりしょげているのよ」

「エレナ」姉は優しく諭すように言った。「大丈夫よ。あなたにふさわしい男性がきっとどこかにいるはずだから」

「さあ、どうだか。今年でもう二十五歳になるのに、真剣な恋をしたことなんて今まで一度もなかったわ。だからといって、自分を憐《あわ》れんだり、後悔したりする気はないけれど」

「〝一度もなかった〟ってことはないでしょう？　ロベルト・ペーニャとはどうだったの？」

「まだ高校生だった頃の話じゃない。念のため言っておくけど、あれから十年も経《た》っているのよ？」

「そのうちすてきな男性に出会えるわよ、きっと」

これ以上姉と話していると、自分がみじめになりそうだ。エレナは体を起こし、あらためて運転席に座り直すとシフトレバーに手をかけて言った。「そろそろ行くわ。ローガン・マードックの人となりを見たいし、パパが自分のしていることをちゃんと理解しているのか確認しないと」

「わかったわ。あとで連絡をちょうだい。その人のことをどう思ったか、ぜひ教えてね」

〈カブレラ建設〉は自動車修理工場や建設機械などを扱う店が立ち並ぶ通り沿いにあって、その敷地は一つの街区《ブロック》のほぼ半分を占める。かつては中古車ディーラーの展示販売場として使われていたので、駐車場所には事欠かない。広い敷地の中央に位置するのが平屋建ての社屋だ。建物の正面には大きな窓があり、扉を入るとすぐ目の前が受付で、その横に広々とした商談用のスペースがあった。奥へ向かう細長い廊下の先が事務所で、建物の裏側も広い駐車場になっている。その一角に巨大な倉庫が四棟あり、当面使わない建設機械や工具が保管されていた。

ひときわつややかな光沢のある大きな赤いピックアップトラックが駐車場に止まっていた。父の車だ。エレナはその隣に車を止めた。ほかにも三台の車が同じ列に並んでいた。一台は父の秘書の車で、社員の自家用車も一台止めてあった。

そして見覚えのないメルセデス・ベンツが一台。車高が低く、すらりとした車体で、いかにもスピードが出そうな車だ。まるで銀色の弾丸みたい、とエレナは思った。

彼女は正面玄関の扉を開けて中へ入った。父は〈カブレラ建設〉を立ちあげた当初からこの建物をずっと使ってきた。会社を売却するということは、およそ二十年の思い出とともに、この社屋と事業のすべてを他人の手に委ねるということだ。それが現実になったとき、どれほど父は寂しく思うだろう。エレナ自身もこの建物に思い入れがあった。ここには家族との思い出がたくさん残っている。両親がまだ互いに愛し合い、仲睦《なかむつ》まじく暮らしていた頃の、大切な思い出の数々が。

目を閉じて耳を澄ますだけで、幼い頃の彼女とマーシーが鬼ごっこやかくれんぼを楽しむ声が聞こえてくる気がした。

〝見いつけたっ！　今度はあんたが鬼ね！〟

〝また？　マーシー、ずるい！〟

〝ずるなんか、してないもん！〟

〝パパー、マーシーがいじめるー……〟

〝泣きまねしたって、代わってやんないよーだ！〟

エレナは目を開けた。あどけない少女たちの声が遠ざかっていった。ここが見知らぬ誰かの手に渡り、その子どもたちが鬼ごっこをして遊ぶ場所になるのかと思うと、切なさが込みあげた。

しかしながら、カブレラ家の姉妹はどちらも父のあとを継がなかったので、やむをえない。エレナは教師の、姉のマーシーは獣医の道を選んだ。ほかに兄弟はいない。父はもうすぐ六十歳になる。最近はさすがに疲れたからそろそろ引退したい、旅に出て広い世界を見て回りたいとしきりに言っていた。

今回、ケイレブの知り合いだという男性との話がうまくまとまれば、父は仕事から解放され、残りの人生を自由に楽しむチャンスを得る。気の毒なのは、その人生の余暇をともにわかち合うはずだった妻、すなわち母のルースがもはや父の隣にいないということだ。

理不尽な話だ、父はもっと幸せになっていいはずだとエレナは思った。新たなパートナーを探すこともできただろうに、父はそうしなかった。父も母も敬虔《けいけん》なカトリック信者だ。別れて暮らし、今後ともよりを戻す望みはないにせよ、互いの代わりは存在しないとどちらも思っているのでは。考えただけで胸が張り裂けそうになった。

父も母も、もう充分に苦しんだはずだ。これ以上過去に縛られる必要はない。前を向いて歩き出すべきではないか。

「あら、エレナじゃないの」受付にいたマルセラがほほえみながら彼女に声をかけた。古くから働く社員の一人で、エレナが思い出せる限りの昔から、父の秘書を務める女性だ。

「こんにちは。父は奥にいますか？」

マルセラはうなずき、声を潜めて言った。「オフィスで譲渡先の社長と話をしているわ」

〝譲渡先の〟ということは、会社を売却することが決まったのかとエレナは思った。「わたしが顔を出したら、おじゃまかしら？」

そのとき廊下のほうから話し声が聞こえてきた。片方は父の声だ。もう片方は聞き覚えのない男性の声だった。

マルセラはもう一度ほほえんだ。「話が終わったみたいね」

エレナは声のするほうへ顔を向けた。やがて大柄な若い男性が廊下から姿を現した。そのすぐ後ろに父がいて、彼女を見て声をかけた。「来ていたのか、エレナ」穏やかな笑みを浮かべたが、どこか疲れた様子だった。

エレナが近づくと、父は前へ進み出て両手を広げ、娘を力強く抱きしめた。「パパ」エレナは父の腕の中でささやいた。

やがて父の腕が解かれると、エレナは体を引き、顔を上げた。父が急に年を取った気がした。目尻に深いしわが刻まれ、顔には憔悴《しょうすい》の色がありありと浮かんでいる。いつの間にこれほど老けてしまったのだろう？　呆然《ぼうぜん》とした彼女に父が話しかけた。

「ああ、そうそう。おまえにも紹介しておこうか。エレナ、こちらはローガン・マードックだ」

彼女は父の背後にいる男性に顔を向けた。最初に目に入ったのは厚い胸板と堂々とした上半身だった。そこから視線を上げると、彫りの深い、鼻筋の通った顔がしだいに見えてきた。美しいグリーンの瞳。真《ま》っ直《す》ぐな眉。ふっくらした唇。アイルランド系の特徴がはっきり表れている。端整な面立ちとは言えないが強く印象に残る顔だ。さらに言えば、とても……男らしい。

ローガン・マードックは一歩前へ踏み出し、ほほえみながらエレナの手を取った。「やあ、エレナ」以前からの知り合いみたいに気さくに話しかけられ、エレナは口の中がからからになってしまい、挨拶も忘れてごくりとつばをのみ込んだ。「きみのことはケイレブからよく聞いているよ」ローガンは大きな手で優しく包み込むようにエレナの手を握った。

「これからお父さんとランチに行くんだが、一緒にどうだい？」

エレナは自分から手を放した。どういうわけか、このまま彼にふれているのは危険だと思ったからだ。同時に相手の左手にちらりと視線を投げた。ローガンの指は太くてがっしりしていた。そして結婚指輪をはめていなかった。

エレナは小さな声でかろうじて答えた。「あの、ランチはもうすませてきましたので」

「せっかくだから、おまえも来なさい」父が横から言った。「何か冷たい飲みものでも頼めばいい」

「でも……」

「そう言わずに、ぜひ」ローガンも彼女を促した。独特の深みがあるハスキーで魅力的な声。エレナはかすかな快感を覚え、思わずぶるっと身震いした。

こうなったら黙って従うしかなさそうだと彼女は思った。

2

レストランに着いた三人は、外のテラス席へ案内された。エレナは父親のすぐ隣に、ローガンは二人と向かい合った席に腰をおろした。店はサンアントニオの中心部を流れる川に沿って整備された遊歩道、リバーウオークに面していた。

テラスは川を見下ろす場所にあり、観光客を乗せたクルーズボートが穏やかな水面を滑るように進む、美しい景色を眺めることができた。

だがどこよりもすばらしい眺めが楽しめるのは、今まさにぼくが座るこの席に違いないとローガンは思った。

カブレラ家の次女、エレナ。実に魅力的な女性だ。

〝理屈抜きで男の本能をくすぐる美女〟とは、こんな女性のことをいうのではないか。

ゆるやかに波打つコーヒーブラウンの豊かな髪が、ほっそりした肩に軽くかかっている。男なら誰でも、あのしなやかな髪を指で梳《す》きたくて、うずうずするはずだ。それにあの澄んだ琥珀色《こはくいろ》の瞳。思わずキスしてしまいそうな愛らしい唇。

つやつやした柔らかそうな肌だ。きっとビロードさながらの滑らかな手触りだろう。ほほえむたびに口元に浮かぶかわいいえくぼに、なぜか目が釘《くぎ》づけになってしまう。

本来のぼくは、ロマンチックな言動とはまったく無縁な男だ。それなのにエレナ・カブレラに会った瞬間から詩人めいた台詞《せりふ》が次から次へと頭に浮かびはじめた。

どうやら一目惚《ぼ》れという病にかかったらしい。それもかなりの重症だ。

美人に心を奪われること自体は別に問題ではない。男ならそうなって当然だ。ただしそれが商談相手のハビエル・カブレラの娘だったり、親友のケイレブ・ブラボーが溺愛する妹だったりする場合、話はまるきり違ってくる。

エレナ・カブレラが恋愛に奔放なタイプではないことは一目でわかる。男性の誘いに気安く乗ったり、安易にベッドをともにする女性にはとても見えない。誠実で真剣な恋愛ができる男性でなければ、相手にしてもらえなさそうだ。結婚を意識したつき合いになる可能性も高い。

そうなると自分には無理だ。あと数年間は。さしあたって今は自由を楽しみたい。結婚で家庭に縛られるのはごめんだ。

「そういえば、ケイレブとは学生時代に知り合ったそうだね、ローガン？」ハビエルが言った。

ローガンは彼にほほえんだ。「ええ、そうです。

テキサス大学のオースティン校で知り合いました。ビクトル・ルコビッチを紹介してくれたのも彼です。ビクトルはフットボール奨学生としてテキサス大学に来たアルゴビアの留学生でした。今やダラス・カウボーイズに所属する人気プレーヤーですが。大学へ通っていた頃は、ケイレブとビクトルとぼくの三人でよく一緒に過ごしましたよ」

エレナが父親に説明した。「ケイレブの奥さんのイリーナが、ビクトルと同じアルゴビアの出身なの。アドリア海に面した、バルカン半島の小さな国よ。二人は幼い頃から本当の兄妹みたいに育ったんですって」

「ああ、思い出した」ハビエルはローガンをちらりと見た。「ケイレブはアメリカへ来た彼女に就労許可を取得させるために家政婦として雇い、やがて恋に落ちて結婚したんだったな」

「そういうこと」エレナが言った。

「ビクトル・ルコビッチといえばダラス・カウボーイズの名ラインバッカーだ。あだ名は〝バルカンの熊〟だと聞いたが」

「チームにとって唯一無二の存在です」ローガンは言った。「ビクトルはダラスの近くに家族と住んでいるので、今でもちょくちょく会いますよ」

「それで、きみたちは三人とも同じ年に大学を卒業したのかな？」

「いえ、ケイレブはぼくたちの一年上です。それにぼくは大学を一年で中退してダラスへ戻ったので、学位を取得していません」

ハビエルは眉をひそめた。「中退したのかい？どうしてまた？」

「両親がボートの事故で不慮の死を遂げたからです。ぼくは急遽《きゆうきよ》実家へ帰り、事業を引き継ぎました」

エレナは小さく叫び、顔に同情の色を浮かべた。

「きみは何歳だったんだ？」ハビエルが尋ねた。

「二十一歳でした」

「そんな若さで事業を継ぐことになるなんて、さぞつらかったのでは？」

ローガンは首を振った。「確かに両親の死には大きなショックを受けました。あまりにも早すぎる死だったから。でも、父の会社を継ぐことはまったく苦にならなかったですね。もともとそうするつもりだったので。父が死ぬ何年も前から、毎年夏になると仕事を手伝っていました。ノウハウを学び、いずれは共同経営者になって父を支えたかった。いつか父が引退したら、自分があとを継ごうと当時から思っていました」

「わたしも二十歳のときに父を失った」ハビエルが言った。目の下にできた隈《くま》のせいで、ほんの一瞬、彼が異様な形相に見えた。「若いときに父親を失うのはつらいものだ。自分を支えてくれる存在を急に奪われたのと同じだからな。嫌な気持ちになって心がすさんだり、周囲に怒りをぶつけたりすることもあるだろう」

ローガンは毅然《きぜん》とした態度で彼の目を見て言った。「ぼくは耐えました。両親の死を必死に乗り越えて。嫌な気持ちになったことは一度もありません」

ハビエルは首を振り、申し訳なさそうに言った。「今のはわたしの話だ。きみのことを言ったわけではない」

「そうでしたか。失礼しました」彼は口をつぐみ、それ以上の事情を訊《き》こうとはしなかった。

「パパ」二人の会話を黙って聞いていたエレナが、父親をいたわるかのごとくそっと肩にふれた。

ハビエルは娘を見て優しくほほえんだ。それから振り返ってローガンに尋ねた。「そうだ、弟と妹がいると言ったね？」

「ええ。弟のコーマックとナイルは、それぞれ二十四歳と二十三歳です。コーマックはぼくの共同経営

ローガンに会って確信できたわ」

「それで、どんな人だった？」

「アイルランド系の顔立ちで、すごく背が高くて」

彼女はローガンの姿を心に思い浮かべながら宙を見つめた。「とてもきれいなグリーンの目をしていた。アイルランド系に特有の。わかる？　ほら、あの名曲にも歌われた――」

「ずいぶんな入れ込みようね」姉が電話の向こうでくすくす笑っている。

「まあね」

「もうデートに誘われた？」

そうだったら最高なんだけど。「まさか！　今日会ったばかりなのに」

「ねえ、向こうもあなたに興味がありそうなの？」

姉になら打ち明けてもいいのでは。口が堅いから誰にもしゃべったりしないはずだとエレナは思った。

「ここだけの話、彼もわたしに夢中かも」

「ところで日曜の食事会だけど、忘れずに来てね」

姉は唐突に話題を変えた。〝日曜の食事会〟とは、ブラボー家の所有する大牧場、ブラボー・リッジで毎週日曜日に開かれる恒例の食事会のことだ。ブラボー・リッジはサンアントニオからやや北寄りの丘陵地帯にあり、かつてはカブレラ家の所有地だった。ところが一九五〇年代にブラボー家のジェームズとカブレラ家のエミリオが土地の所有権をかけた勝負を行い、アンダルシア種の名馬を駆るエミリオに野生馬でレースを挑んだジェームズの勝利に終わった。その後ジェームズは手に入れた土地で新たに牧場を開き、ブラボー・リッジと名づけて大成功を収めた。これがきっかけで、両家はそれから何十年にもわたって互いに反目し合う関係になった。

だがその対立も、過去のものになった。

いちおうは。

そして現在、姉のマーシーは夫のルークや息子のルーカスとともにブラボー・リッジで暮らしている。ルークは牧場の経営を受け継ぎ、毎週日曜日に両親と八人の兄弟姉妹を呼んで、食事会を開いていた。

「ええ、当日はせいぜい楽しませてもらうつもりよ。ブラボー・リッジの復活祭《イースター》の食事会へご招待いただけるなんて、身に余る光栄だわ。持つべきものは優しい姉と、浮気相手に産ませた娘にまで、お慈悲を与えてくれる大金持ちの父親よね」エレナは皮肉を込めて言った。

「そんな言い方はやめなさい、エレナ」マーシーは妹をたしなめた。

「やめるも何も、まさにそれこそが事実でしょう？　姉さんこそ、わたしにあれこれ指図するのはやめて。わかった？」

「でも、あなたの実の父親なのよ？」

「わたしの父親は今のパパだけよ。お願いだから、二度とこの話はしないで」

「母さんとは仲直りできたんでしょう？」姉の厳しい声が飛んできた。なんとしても妹の説得を続けるつもりらしい。「それならデイビスとも――」

「絶対にお断りよ」

それでも姉はしつこく食い下がった。「あの人、浮気をしたことを奥さんのアレタに正直に告白したのよ。あなたが自分の子だってことも何十年も知らされていなかったそうじゃない。なぜ許してあげられないの？」

「そんなの、どうでもいいじゃない。ママのことは……今でもママだと思っているけど」

「それなら、デイビスのことも――」

「やめて。頼むからもう放っておいて」

姉はエレナにも聞こえるくらい派手な音をたてて息を吸い込み、大きく息をついた。「わかったわ。もう言わない。少なくとも今は。だから日曜の食事会には必ず来ると約束して」

「放っておいてと言ったでしょう？」

「デイビスのために来てほしいわけじゃなくて、ケイレブとイリーナが今度の食事会に出席するからよ。あなたの意中の彼だけど、ケイレブの家に滞在中なんですって。ということは……」

　ローガンがケイレブとイリーナの家にいる？　彼が日曜の食事会に来るかもしれない？

　エレナは胸の鼓動が速くなるのを感じた。特定の男性を思い浮かべただけで、心臓が早鐘を打ちはじめるなんて。

　これってまさか……。

　エレナは激しい動悸《どうき》を抑えながら姉に言った。

「ローガンも食事会に来るのね？　なぜ先に話してくれなかったの？」

　姉はくすくす笑った。「あなたがいけないのよ。デイビスの悪口を言ったりするから、こちらも話しそびれてしまったの。それで、来るのね？」

　ローガンに再会できるメリットを取るべきか、デイビス・ブラボーと対峙《たいじ》するリスクを避けるべきか。結論を出すのに一秒もかからなかった。「行くわ」エレナは答えた。

　そして姉との通話を終えたとたんに、今度はケイレブから電話がかかってきた。

「やあ、エレナ。さっそくだが、明日の夜うちに来ないか？　ディナーをご馳走《ちそう》するよ」

　エレナの心臓がまたもや激しく打ちはじめた。ケイレブの家にはローガンが滞在中のはずだ。つまりディナーの席で彼と会える可能性が高い。

　再会のチャンスが立て続けに訪れ、エレナは有頂天になった。「喜んで」我ながらみっともないほど頬がゆるんでいるのがわかったけれど、誰かに見られるわけでもないので気にしないことにした。

「食い気味に答えたな」ケイレブがからかうように言った。

「失礼ね。でもまあ許してあげる。だって大好きなイリーナと会えるんだから」

「てっきり、アントニオとのデートの予定があるんじゃないかと思ったが」

「ああ、それね……」

彼はすぐに事情を察した。「つき合ってみたけど残念な男でした、ってことか。大丈夫かい？」

「もう忘れたわ」

「そう来なくっちゃ」

「話を戻すけれど、明日のディナーのメンバーは、わたしたち二人とイリーナの三人？」

ケイレブの答えはエレナの期待したとおりのものだった。「ローガンも一緒だ。うちに泊まっているからね。彼のことは知っているだろう？　今日きみに会ったと言っていたよ」

「ええ、知っているわ」エレナはわざと平静を装った。〝わたしのことを何か話していた？〟本音ではそう尋ねたくてうずうずしたが、我慢した。「好感の持てる人だったわ」

「あいつもきみが気に入ったらしい。チャーミングな女性だって言っていた。美人だともね」

エレナの胸の鼓動がふたたび速まり、痛みと喜びが胸の中で半々に入り交じった。「アイルランド系の男性って、本当にお世辞が上手なんだから」

「そんなことはないさ。きみは実際にチャーミングだし、美人だよ」

「とことん妹思いの兄がいて、わたしは幸せ者ね」

「だろう？　だから言ってやった。ぼくのかわいい妹をデートに誘うのはかまわないが、節度を守った清い交際を心がけてほしい、妹を泣かせたりしたらこのぼくが黙っちゃいないぞ、とね」

「ええっ？　本当にそんなことを言ったの？」

「冗談だよ。そう思っただけだ」ケイレブは笑った。

エレナはほっと胸を撫《な》でおろし、ぶつぶつと文句を言った。「まったく、冗談もほどほどにしてよね。それで、明日は何時に行けばいい？」

「七時でいいかな？」

「ええ。じゃあ明日」エレナは気取った声で答え、電話を切った。

そして歓喜の叫びをあげて椅子から立ちあがり、興奮冷めやらぬままにコンドミニアムの部屋から部屋へと移動しはじめた。仕事部屋から寝室へ向かい、廊下に戻って居間を歩き回り、ダイニングルームを通り、キッチンでウォーターサーバーから冷たい水を注いでいっきに飲みほした。空になったグラスを勢いよくテーブルに置いたとき、だん、と大きな音がした。

「ああもう、最高の気分！」彼女はもう一度叫んだ。ローガン・マードックが、わたしをチャーミングで美人だと言ってくれたなんて。

明日の夜、彼にまた会える――そして日曜日にも。

だがその前に、土曜の昼に母とランチの約束があった。

一年前、エレナの母ルース・カブレラは、かつて夫のハビエルが建てたスペイン様式の豪邸を売り、彼女が働く不動産仲介業者のオフィスの近所にある小さな家へ引っ越した。

〝一人暮らしにこんな大きな家は必要ないでしょう？〟家を売りに出したとき、母がそう言ったのをエレナは覚えていた。〝ここにいると、これまでの人生がどうしても頭によみがえってしまうの。夫や娘たちがいて、みんなが一つの家族として過ごした幸せな思い出の数々が。でも、すべては終わってしまった。わたしもそろそろ前に進まないとね〟

エレナは母の新しい家を訪れ、中庭《パティオ》で一緒にランチを食べた。家の裏側はゴルフ場に面しており、青々とした芝に覆われた、なだらかな丘が見渡せる。

食後はアイスティーを飲みながらしばらくそこでくつろぎ、緑色の葉を広げるオークの木陰で涼しい風を楽しんだ。

　母は長い髪を頭の後ろで一つにまとめ、くるりと巻いてシニヨンにしてため息をついた。エレナは母の横顔をつぶさに見た。母は五十二歳だが、年齢よりも若く見える。それでもここ数年のあいだ悲嘆に暮れる日々を過ごしたせいで、ずいぶん老け込んでしまった。髪がいまだに黒々としてつややかなのは、行きつけのヘアサロンの美容師の腕がいいおかげだろうとエレナは思った。

　母が言った。「夕べ、お父さんから電話があったの。会社をケイレブの友人に売るんですってね」

　エレナはテーブル越しに腕を伸ばし、母の手に自分の手を重ねた。「複雑な気持ちになった？」

　母は眉根を寄せてじっと考え込み、首を振った。「たぶんあの家と同じだわ。手放すべきときが来ただけ」そして重ねられた手を抜き、娘の手をほんの一瞬、握りしめた。エレナの指先に母の温《ぬく》もりが残った。「わたしたち夫婦それぞれの心に、ようやく平穏が訪れたのよ」

「えっ？」

「ハビエルが以前カウンセリングを受けていたのは知っている？」

　エレナは驚いた。「知らなかった。パパがそう言っていたの？」

　母はうなずいた。「あの一連の騒動の中で、自分が何者なのかわからなくなったんですって」

「どういう意味？」

「自分は理不尽な目にあった夫なのか、それとも妻に暴力を振るう危険な男なのか、どちらなんだろうということ」

　エレナはすぐに父を弁護した。「パパが危険な男だなんてありえない。優しくて立派な人よ。ママだってわかっているんでしょう?」

「エレナ」母は穏やかな声で言った。「でも事実を知ったあの日、ハビエルはわたしをぶったのよ」

「覚えてる。パパはやってはいけないことをやってしまった」エレナは唇をかんだ。

「さらに銃を手にデイビス・ブラボーの家へ向かい、彼に銃口を向けた。それを忘れたの?」

そして父は実際に撃ってしまった。あるいは銃が暴発したのかもしれない。いずれにせよ弾はそれて、夫を守ろうとデイビスの前に飛び出したアレタ・ブラボーの腕をかすめただけですんだ。

エレナはもう一度、唇をかみしめた。「アレタはパパの苦しい胸中を察して、水に流してくれたわ」

「けれどもハビエルは自分を許せなかったのよ。犯した罪に正面から向き合い、つぐないをしなければ人は前へ進めない。他人を傷つけてしまったときは、誰でもそうする必要があるの」

エレナは自分がどんな感情を抱いているのかわからなかった。憤り? もちろんそうだ。父の行為は間違っていた。しかし母のしたことも明らかに人の道をはずれており、許されるべきものではなかった。

それなのになぜか今は、母の言葉を聞くうちに、もしかしたら両親の未来にまだ希望が残されているのではないかとエレナは期待しはじめていた。

「パパから謝罪があったの?」

「ええ。あのときは手を上げてしまって、申し訳なかったとあやまってくれた。それにずっと昔、まだ若かった頃、夫婦の問題に真剣に向き合おうとせず、わたしによそよそしい態度をとったことを反省しているとも言ったわ。アレタにも直接会いに行って、謝罪したそうよ。あとデイビスにも」

「デイビス・ブラボーにまで頭を下げたの? その必要はないのに」

「でも、ハビエルはそうは思わなかったのね。デイビスからも謝罪されたらしいわ」

「そんな話、聞いてない。どうして誰も言ってくれなかったの？」

「だから今、わたしから伝えたのよ。今度ハビエルに会ったとき、直接聞くといいわ。あなたに打ち明けることができれば、あの人もほっとするでしょうから」

「ママはどうなのよ？」エレナは言わずにいられなかった。「自分のしたことをつぐなう必要があるんじゃないの？」

母は椅子に深く背をもたせかけて、肘かけに腕をのせた。左手にはめた婚約指輪のダイヤモンドが、頭上に生い茂るオークの葉のあいだから差し込む木《こ》洩《も》れ日《び》を受けてきらりと輝いた。

「そのとおりよ」母がぽつりと言った。「わたしもつぐないをする必要があった。だから実行した。自分にできることをすべて。結婚の誓いを破り、夫の愛を裏切り、数多くの嘘《うそ》をつきつづけてきたことを、ハビエルに心から謝罪した。アレタにも会い、誠心誠意あやまった。教会で告解して、ヨセフ神父から罪の許しを与えられ、指示されたつぐないを行った。今は毎日を誠実に過ごしているわ。わたしは大切な人たちに嘘はつかない。言葉を濁したりもしない。ありのままの思いを率直に伝えるだけよ」母の言葉には誠意が感じられた。責めるような言い方をしたことをエレナは少し後悔した。母は話を続けた。

「やっぱり、まだわたしを恨んでいるのね。マーシーも心配していたわ」

「姉さんと話したの？　さっきの話は伝えた？」

「ええ。今朝、電話で」

「そうやって、いつもわたしを後回しにするのね」

「そんなにすねないで。たまたまあの子からの電話が先で、あなたに話すのがあとになっただけ」

エレナは恥ずかしくなってうつむいた。「子どもじみた文句を言って、ごめんなさい」

「落ち込む必要はないのよ」母は彼女をなぐさめた。「心が傷ついているときは、周囲の人についきつく当たってしまうものだから。よくわかるわ」

顔を上げると、母は愛情を込めたまなざしでこちらを見つめていた。エレナは思いきって尋ねた。

「パパとやり直したいと思っている？」

母はゆっくりと首を横に振った。「それは無理ね。やり直せる時期はもう過ぎたのよ。こうして離れて暮らすことに慣れて、どちらも穏やかで満ち足りた人生を送っているのだから、それで充分」

「そんな結婚生活がどこにあるの？　ブラボー家のデイビスとアレタはよりを戻したわ。一時はアレタが家を出てしまって、最後はデイビスが蛆虫《うじむし》みたいに這《は》いつくばって謝罪して、ようやく戻ってもらえたみたいだけど」

「彼を蛆虫に例えるなんて、失礼よ」

エレナは胸の前で腕を組み、ぼそりとつぶやいた。

「別にいいでしょ、それくらい」またしても大人げない態度をとってしまい、彼女はすぐに反省した。

困った子ねと言いたげに、母はため息をついた。

「確かにデイビスは大きな過ちを犯したわ。だけど今のわたしたちが求めるのは争いではなく平和なの。わたしたち家族は、あなたがいてくれたから一つにまとまることができた。マーシーやルーク、ルーカス坊や、そしてこれから生まれてくる赤ちゃんも、みんなそう。それにブラボー家のケイレブがあなたの兄として力を貸してくれたら、カブレラ家とブラボー家が一つの大きな家族としてまとまることも夢ではないわ。そうでしょう？」

確かにそうかもしれないが、姉も母も、ほかの家族もわたしに期待しすぎだろうとエレナは思った。

「だからといって、デイビス・ブラボーとも仲よくしろとか言わないでね、ママ。姉さんにもさんざんお説教されて、うんざりしているんだから」

母はテーブルに身を乗り出した。「そんなことは言わないわ。デイビスとどんな関係を築くのか、それはあなたが自分で決めるべきことよ」

「そもそも、あの人とわたしにはなんのつながりもないし」エレナは組んでいた腕をほどき、アイスティーのグラスを手にして一口飲んだ。

母はふたたび椅子に深く背を預け、目の前にあるグラスをじっと見つめたが、手には取らなかった。

「言いたかったことはすべて言えたわ。そろそろ話題を変えて、もう少し楽しい話をしない？」

それならローガン・マードックについて話すのはどうかしら、とエレナは考えた。

やっぱりやめておこう。マーシー以外の人と彼の話をするには、もっと心の準備が必要だ。だいいち現時点で、彼について話せることがどれだけある？

〈カブレラ建設〉の購入者であること。エレナがチャーミングで美人だと彼がほめていたと、ケイレブから聞かされたこと。そして彼女はローガンからデートのお誘いがあればいいなと、心待ちにしていること……。

まあ、彼との関係に今後何かしらの進展があれば、そのときは母にも報告できるかもしれない。

エレナは気を取り直し、ほほえみながら言った。

「そういえば、明日はブラボー・リッジに行くわ。復活祭の食事会に必ず参加するようにと姉さんからしつこく誘われて。ママはどうする？」姉がいつも母を食事会に招待しているのをエレナは知っていた。母だけでなく、父のハビエルにまで声をかけていたことも。ただし父がその招待を受けてブラボー家の食事会に参加したことは一度もない。

「たぶん、行かないわ」母は遠い目をして言った。過去のさまざまな思い出が走馬灯のように頭を駆け巡っているのだろう。エレナと姉のマーシーがまだ子どもだった頃、復活祭は家族の一大イベントの日だった。朝早く教会のミサに出たあと自宅へ戻り、卵探しゲーム《エッグ・ハント》を楽しんだものだ。

あるいは家族みんなで車で海辺の街へ行き、終日ビーチで過ごしたこともあった。昼食の席にはアボカドスープや仔羊《ラム》のローストなどの定番料理が並び、メロンジュース《アグア・デ・メロン》を飲み、デザートにカピロタータというメキシコふうのブレッドプディングをみんなで食べた。

あの頃は家族が一つになって幸せに暮らしていた。カブレラ家の人々にとって、復活祭は特別な一日だったのだとエレナはしみじみ思った。

二人はどちらも黙ってアイスティーを飲みながら、パティオの向こうに広がる緑の丘をゴルフカートが登っていき、木立の中へ消えるのを眺めた。

やがて母が言った。「〝罪を憎んで人を憎まず〟という言葉があるでしょう？　最近、たまに思うの。満ち足りた人生の秘訣《ひけつ》とは、人を許すことではないかしらって。相手を許すことで、自分も解放される。心にあった苦しみや怒りをすべて消してしまえば、空いた場所に新たな人生で見つけたすてきなものを一つ残らず置けるようになる。犯してしまった罪もそれと同じ。隠し持っていたら、幸せを受け入れる場所がその分だけ狭くなってしまう」

「わたしは大丈夫よ、ママ。罪を犯していないから、隠す理由もないわ」

「だけど苦しみや怒りはどうなの？　多少はあるでしょう？」

「ねえ、もう少し楽しい話をしようと言っていたんじゃなかった？」

「あら、わたしはこういった話も楽しんでいるわよ。人を許すことは幸せへの道だと信じているから」

とにかく待ち遠しい。

今の心境を一言で表現するにはこれしかないと、ローガンは思った。

エレナ・カブレラにふたたび会えるのが楽しみで、首を長くして待っていた。本来ならこんな気持ちを抱くべきではない。初対面の時点で、彼女には絶対に手を出すまいと即座に決めたはずだった。

七時ちょうどにエレナは来た。彼とケイレブは、キッチンで今夜の料理の仕上げをするイリーナにつき添っていた。ドアベルが鳴ったとき、ローガンはもう少しで椅子からさっと立ちあがって玄関へ向けて走り出しそうになったが、すんでのところで自分を抑えた。

「エレナだ」ケイレブが席を立って玄関へ向かい、妹が持ってきたポテトチップスの袋と蓋つきのボウルを抱えてすぐに戻ってきた。途中で彼女に何か話しかけられ、笑いながらこちらへ来た。

エレナはケイレブのすぐ後ろにいた。昨日会ったときと同じようにチャーミングで美しいとローガンは思った。もしかしたら美しさにさらに磨きがかかったのではないかとすら考えた。ベアトップのサンドレスは白地に赤とピンクとパープルの花がちりばめられていた。豊かな髪がつややかに輝き、あらわになった肩はビロードみたいに滑らかで、ローガンは彼女の肩にふれたくてうずうずした。

もちろん実際にふれたりはしない。とはいえ、空想するだけなら別にいいだろう。

「こんばんは」エレナはにこやかに彼にほほえみかけた。いわく言いがたい衝撃がみぞおちの辺りに走るのをローガンは感じた。

「こんばんは、エレナ。昨日はどうも」

エレナは持参したワインのボトルをカウンターに置き、イリーナに近づいて頬にすばやくキスした。

「今夜のメニューは何かしら?」

「杉のプレートにのせてグリルしたサーモンと、エスニック風味の甘酸っぱいチャーハン、それにアスパラガスのオーブン焼きよ」イリーナはハスキーな声で、わずかに訛《なまり》のある英語で答えた。

「おいしそうね。わたしも豆のディップとオリーブを用意したわ。前菜にどうかと思って」

「すてき」イリーナがうれしそうに言った。

エレナはケイレブに預けていたボウルを受け取り、蓋を取った。中に仕切りがあり、片方にオリーブが、もう片方にディップが入っていた。イリーナはエレナに、ポテトチップスを入れるバスケットを渡した。

四人はしばらく立ったままでおしゃべりを続けた。ローガンは昨日と同じく、エレナからなかなか視線をそらせなかった。彼女の口元に浮かんだえくぼを見つめながらローガンはうっとりした。少しハスキーで控えめな笑い声も耳に心地よい。

ディナーの準備ができ、四人はテーブルに着いた。ケイレブはオーブンからサーモンを取り出し、エレナが持参した白ワインを開けて、彼女とローガンと自分のグラスに注いだ。イリーナのお腹《なか》には彼らの初めての赤ちゃんがいて、八月に出産の予定だった。料理はどれも最高で、会話も大いに弾んだ。

楽しい時間はあっという間に過ぎ、イリーナ以外の三人で最後の一滴までワインを飲みほした。そのあとは庭へ移動し、イリーナのお手製デザートとコーヒーを楽しんだ。

やがて十時になり、そろそろ帰ろうと、エレナが椅子から腰を浮かせた。

もう帰ってしまうのかとローガンはがっかりした。気がつくと、彼も席から立ちあがっていた。そのこと自体は別に不自然ではない。それが正しいマナーなのだから。今夜は再会できて楽しかったと伝え、すぐに座るつもりだった。

ところが彼の口から出た言葉はまったく違うものだった。「玄関まで送るよ」

ケイレブが意味ありげに彼をちらりと見たが、ローガンは無視した。そしてエレナのあとに続いて家の中へ入った。

彼女が玄関で振り向き、琥珀色の目でローガンを見上げた。目が合った瞬間、彼は戸惑ってどうしていいかわからなくなり、エレナへの想《おも》いだけが空回りするのを感じた。

彼女にキスしたい。

二人で一晩中語り合いたい。話の中身はこのさいどうでもいい。

エレナが口を開いた。「じゃあ、また明日。ブラボー家の食事会で……来るでしょう？」

ハスキーな声と、誘うかのような赤い唇の動きに、彼はすっかり心を奪われた。

「ローガン？」

質問に答えずに呆然《ぼうぜん》と彼女を見つめていたことに気がついて、ローガンはあわてて言った。「ああ、うん。復活祭の食事会だね。もちろん行くよ」

エレナが唇の端をきゅっと上げてほほえみ、あのキュートなえくぼがいたずらっぽく口元に浮かんで一瞬消え、すぐにまた現れた。「訊いてもいい？もし父の会社を購入したら……」彼女は言い淀《よど》んだ。

甘い香りがローガンの鼻をくすぐり、彼は危うく理性を失いかけた。南国の花の香りだ。ジャスミン、サンダルウッド、クチナシ、そしてオレンジの花。

ローガンはなんとか気を取り直し、彼女に続きを促した。「お父さんの会社を購入したら？」

「サンアントニオへ引っ越してくるの？」

そのつもりだ、と白々しく嘘をついてしまおうか。本気でそう考えた。エレナがこの街にいるのなら、自分もここに住みたいという衝動に駆られた。

ばかばかしい。無意味だ。あまりに常軌を逸している。どう考えてもぼくらしくない。

「いや」彼は首を振った。「ぼくはダラス本社での勤務を続ける。ここに移住を希望している契約社員がいてね。妻と小さな娘が二人いるらしい」

「奥さんと小さな娘さんが二人いるご家庭なの？」

エレナの目で涙がかすかに光った。「うちと同じね。ずっと昔は我が家もそうだった」

「そうか。気がつかなかったよ」このまま泣き出されるのだけは避けたかった。「えっと……」

　エレナはすばやく目をしばたたき、顎をぐいっと上げてにっこりほほえんだ。「どうかした？」

「すまない。ぼくが余計なことを言ったせいだな」

「あなたは悪くないわ。本当よ」彼女はうつむいた。伏せた黒いまつげが頬に影を落とした。ふたたび顔を上げたときには涙は消えていた。「ちょっと昔を思い出しただけ。あの父が引退だなんて、なんだか信じられない。そのうちにフロリダ辺りへ移住するつもりかもしれないわね。ほら、あそこはリタイアした人たちの聖地だと言うから」

「言っておくけど、お父さんの会社の売却の話は、現時点では何も決まっていないよ。今はまだ交渉の段階だから」

「そうなのね。だけど絶対にうまくいくわ」彼女は真《ま》っ直《す》ぐにローガンの目を見つめた。「そういえば、弟さんは会社の共同経営者だったわね？」

「コーマックかい？　ああ、そのとおりだ」

「じゃあ、そのうち彼も来るの？　交渉がこのままうまく進めばの話だけど」

「そうなるかもな。来週には」

「兄弟そろってケイレブの家に滞在する予定？」

「いや、ヒルトンホテルを予約した——たしか場所はリバーウオーク沿いだったな。弟が来たらそっちへ移る。ケイレブとイリーナはかまわないと言ってくれたが、これ以上甘えるわけにもいかない」

「つまり、交渉は順調に進んでいると考えてもいいのかしら？」

「そういうことだな」

エレナは訳知り顔で彼をちらりと見て言った。

「それなのに、〝何も決まっていない〟とあくまで白を切るつもりなのね？」

「今の時点ではね」

「弟さんに会える日を楽しみにしているわ」彼女がにっこり笑い、またしてもあの愛くるしいえくぼが現れた。思わずキスしたくなるような魅力的な唇のすぐ横に。

何か言わなければとローガンは焦った。なんでもいい。内容はたいして問題ではないのだから。彼が何かを言い、彼女がそれに応える。それだけのことだ。ローガンはぽつりと言った。「お父さんはとても立派な人だと思うよ」

「父もあなたを立派だとほめていたわね」エレナは一瞬だけ彼の唇に目をとめ、すぐに視線をそらしてローガンのグリーンの瞳を見つめた。

このままキスをしたい。ローガンはふと思った。一度だけでいい。ほんの一瞬、唇を盗むくらいならさほど非難されずにすむんじゃないか？

美女と二人きりになり、別れ際に声を潜めて挨拶を交わそうとしている。キスをするのに、これほど自然で完璧なタイミングはそうそうない。

彼女にキスしよう。一度だけ……。

ローガンは一歩前へ踏み出し、エレナに近づいて顔を寄せた。

彼女もローガンを仰ぎ見て、顔を近づけた。

二人の唇がそっとふれ合った。

エレナを抱き寄せ、両腕で抱きしめて彼女の甘い唇をもっと味わいたいとローガンは切実に思った。

しかし、かろうじて踏みとどまった。

ローガンは顔を上げ、彼女の名前をささやいた。

「エレナ……」なんて美しい言葉だろう。柔らかな唇がふれるときの感触よりも、南国の花々の芳しい香りよりも、心地よく情熱的で甘い響きじゃないか。

「おやすみなさい、ローガン」エレナはすっと体を引いて彼から離れ、玄関の扉を開けて出ていった。

　ローガンは見えない糸に導かれるかのごとく彼女のあとを追い、玄関先のポーチへ出た。逃げるように去るエレナの後ろ姿が見え、足早に歩く彼女の赤いハイヒールの靴音が聞こえた。車の手前まで来たエレナは運転席側に回ってドアを開け、立ち止まって彼に手を振った。

　ローガンもエレナに手を振り返した。

　彼女は車に乗り込んだ。エンジンの始動音が響き、車は縁石を離れて走り去った。

　エレナが去ったあとも、ローガンは玄関前のステップにじっと立っていた。キスなんかするべきではなかったと思いながら。

　もう一度キスしておけばよかったと悔やみながら。

3

　その夜、エレナはローガンの夢を見た。夢の中で彼と甘いキスをした。どこかロマンチックな場所で一晩中ローガンと語り合った。ありとあらゆることが話題に上り、話はいつまでも尽きなかった。

　ところが朝になって目覚めると、どんな話をしたのかきれいに忘れていた。ただし今日の午後にもう一度彼に会えることだけは、ちゃんと覚えていた。

　エレナはじっとしていられなかった。

　ブランケットをはねのけてベッドから飛び出し、シャワーを浴びに行った。一時間後、母と教会で待ち合わせて朝のミサに出た。そのあとで母を朝食に誘った。

母はエレナをハグして言った。「今日は行けないの。楽しい一日を過ごしてね」

もちろん最高の一日にするわ、と言いかけたが、すんでのところで言葉をのみ込んだ。

エレナは母にハグを返し、教会の出口で別れた。

帰宅するとコーヒーメーカーのスイッチを入れ、待つあいだキッチンの窓から外を眺めながらローガンのことを考え、午後の食事会にどんな服を着ていくかという極めて重要な問題を皮切りに、数々の難問に取り組んだ。コーヒーを注《つ》ごうとしたとき、扉をノックする音が聞こえた。

玄関を開けると父が立っていた。真っ白なシャツに濃い色のズボンをはき、ベーカリーのロゴ入りの箱を持っている。「メキシカン・マーケット《エル・メルカド》に寄ってきた。一緒にどうだ?」

エレナはほほえみ、父の腕を取って招き入れた。

「ちょうどよかったわ、パパ。コーヒーをいれたところだったの」

マグカップをもう一個追加してコーヒーを注ぎ、砂糖とミルクを用意した。父とキッチンテーブルに座り、クエルノ・デ・アスーカル——砂糖をまぶしたメキシコふうクロワッサンを食べた。

「コーヒーのお代わりは?」エレナは尋ねた。

父がうなずいたので、席を立ってコーヒーポットを持って戻り、二つのマグカップに二杯目を注ぎ、ポットを保温プレートに置きに行った。

テーブルへ戻って席に座ると、父が彼女の腕に手を置いた。「エレナ……」そう言って急に真剣な目で彼女を見つめ、唇を固く引き結んだ。

「えっ、何? どうしたの?」エレナは動揺と緊張で喉が詰まり、ごくりとつばをのみ込んだ。

父は彼女の腕を軽くたたいた。「そう不安がるな。別に怖い話ではない」そして悲しそうに笑い、手を引っ込めた。「今から話すことは、たぶんおまえもすでに聞いているはずだ」

エレナは母が朝食の誘いを断ったときの言葉を思い出した。〝今日は行けない〟と言っていたが、理由については何も説明しなかった。「ママも知っていたのね？　今日パパがここへ来ることを」

父はうなずいた。「ルースとも話したそうだな。その……わたしたちが心の平穏を取り戻せるようになるまで何を考え、どんなことをしたかについて」

父の落ち着かない様子を見て、彼女は胸が痛んだ。

「その話を今ここでする必要はないわ、パパ」

「そうはいかない。これはわたしの気持ちの問題だ。おまえにわかってもらいたいんだ。わたしは……」

どう言葉を続けるか、父は迷っているらしかった。

エレナはなんとかして父を勇気づけたいと思った。

「わたしは、何？　続きを言って、パパ」

父はコーヒーを一口飲むと、マグカップを置いて力なくため息をついた。「わたしは自分が夫として失格だったとは思わない。だが、ルースにとって常に最高の夫だったわけではなかった」

「知っているわ。ママをぶったときは大変だった」

「大変だったですまされる話ではない。許されない行為だった。ルースはわたしを裏切り、嘘《うそ》をついた。わたしは心に大きな傷を負った。しかし彼女に手を上げたところで、自分の傷がいやされるはずがなかった。だいいちルースは一度も……一度たりとも、暴力に訴えたりしなかった」

「一時期カウンセリングを受けていたんですってね。ママに聞いたわ」エレナはそれとなく伝えた。

父は首を縦に振った。「自分のことを、もう少し理解したかったからだ。自分の弱さと徹底的に向き合い、みずからの心を見つめ、そこにある闇と対峙《たいじ》するために」

「闇ですって？」エレナは思わず父に詰め寄った。

「ばかなことを言わないで、パパ。そこまで自分をおとしめる必要がどこにあるのよ？　パパはそんな悪人じゃないわ。絶対に」彼女の目に涙が浮かんだ。

「エレナ」父は穏やかに言った。「ノ・ジョレス。泣くんじゃない、いい子だから」彼はスペイン語でなだめつつ、娘の腕に手を置いた。

エレナはその手を取り、両手で握って言った。

「ごめんなさい」洟《はな》をすすりあげ、まばたきをして涙をこらえた。「泣いたりして悪かったわ」

「おまえが気に病む必要はこれっぽっちもないよ。わかったね？　パパを信じておくれ」

エレナは大きくうなずき、父の手をいっそう強く握りしめた。「ええ、わかってる。頭ではちゃんとわかっているの。だけど、わたし……」

「無理もない。自分が不義の子だったという事実が明るみに出たせいで、おまえは深く傷つけられた。わたし自身もその片棒を担いだのと同じだ。血をわけた娘ではなかったと初めて知ったとき、冷たい態度をとってしまった」

「もう終わったことよ。今さらどうだっていいじゃない」

「いや、そうはいかない」父は譲らなかった。

「パパが何を言いたいのかはちゃんとわかっているから。本当よ」

父は一瞬黙り、やがて小さく息をついて言った。

「おまえは今でもわたしの娘だ。過去にどんな経緯《いきさつ》があったにせよ、肝心なのはわたしが大切に育ててきたかわいい我が子だという事実だけだ」

エレナはふたたび涙があふれ出すのを感じた。唇をかんで涙をこらえ、立ちあがって父のしわだらけの頬にキスをした。

父は彼女の顔をそっと撫《な》でた。「いまだに母親を責めているのかい？」

エレナは黙って椅子に腰をおろした。言い返そうかと思ったがやめた。図星だったからだ。

「ルースがデイビス・ブラボーの会社で働くと言ったとき、わたしがどれほど腹を立てたか、おまえには想像もつかないはずだ。ルースは結婚の誓いを破り、わたしを裏切った。しかも相手はカブレラ家の不倶戴天《ふぐたいてん》の敵、ブラボー家の当主だった。だがこうして月日が経《た》ち、わたし自身も年を取ったことで当時の状況が理解できるようになった。歳月と老いは、ある意味で人生における得難い友と言っていいかもしれない。あの頃のわたしはブラボー家に激しい怒りを抱いていた。カブレラ家の土地を奪い、一族の誇りを踏みにじった相手だからな。わたしの父エミリオと兄が非業の死を遂げたのは、デイビスの父親、ジェームズ・ブラボーのせいだと当時は固く信じていた。父はブラボー家を恨みながら死に、兄はジェームズに復讐《ふくしゅう》しようとして彼の館に侵入し、逆に殺された。今にして思えば、ジェームズは自分と家族を守るためにわたしの兄を殺さざるをえなかったのだろう」父はそこで言葉を切り、遠い目をした。

「わたしがブラボー家を恨んでいた理由は、それだけではなかった……もう一つ身勝手な理由があった。わたしとルースとのあいだには子どもがいなかった。一方で、デイビスには息子や娘が何人も生まれていた。男として耐え難い屈辱だった。当時のわたしはルースに暴力を振るうことはなかったが、普段の会話の中で彼女を何度も傷つけた。子どもができないのを彼女のせいにしたり、さらには女性としての魅力に欠けているとからかったりもした。不妊の原因が自分にあるのでは、という不安に向き合いたくなかったからだ」

エレナはコーヒーを一口飲んだ。カップを持つ手が震えた。父の話にまだ続きがあるのを彼女は知っていた。

「そしてルースはデイビス・ブラボーの会社で働きはじめた。わたしは彼女を放っておいた。逆にデイビスはルースに優しく接した。当時は彼自身も妻のアレタとのあいだに問題を抱えていたらしい。ルースとデイビスは互いの存在になぐさめを見出《みいだ》し……男女の関係になった。二人はすぐに激しく後悔した。ルースはデイビスの会社を辞め、わたしは何も知らずに彼女と和解した。その後しばらくして、ルースから子どもが——つまりおまえができたことを知らされた。自分が世界一幸せな男になった気分だった。あの頃は毎日が喜びに満ちあふれていた」

その幸福はすべて嘘に基づいたものだったのよ？　エレナは心の中で叫んだ。最後には母もデイビスもみずから犯した罪の代償を支払うことになったわ。

エレナは顔をそむけながら悲しげにつぶやいた。

「パパはデイビスと和解したと、ママが言ってた」

「ああ」父がうなずいた。「友人には一生なれないが、お互いにわかり合うことはできたと思う。とにかく、結果としてデイビスとわたしは娘を二人も共有する仲になったわけだし」

エレナは父の言いたいことをすぐに察した。姉のマーシーはブラボー家のルークと結婚し、デイビスの義理の娘になった。そしてエレナ自身は……。

わたしはデイビスの娘じゃない。断じて違うわ。そんなことは考えたくもないとエレナは思った。

「それで今度は、わたしにデイビスともっと親しくなれと、けしかけたいの？」嫌味な言い方になってしまったが、たいして罪悪感を覚えなかった。

父は笑って答えた。「それはありえないな。ことデイビス・ブラボーに関する限り、わたしがおまえに指図をすることは絶対にない」

「ならよかった。ありがとう、パパ」

「どういたしまして。だが、これだけは言わせてくれ。おまえが自分の意思でデイビスに会うと決め、彼と話をしてなんらかの形で距離を縮めたいと思うなら、それはそれで喜ばしいことだと思う」

信じられないという顔でエレナは父をじっと見た。

「本気で言っているの？」

「意外だったか？　さっきも言ったが、今では以前よりも物事を冷静に見られるからね。血をわけた父親をただ否定しているだけでは、何も始まらない。わたしのためだと思ってよく考えてほしい。一度に二人の父親を持ってはいけないとはどんな法律にも書いていない。事実おまえには二人の父親がいるのだし」エレナは反論しようと口を開きかけたが、父は視線で彼女を制した。「もしもデイビスとは会わないと決心するなら、決めたのは自分だということを忘れるなよ。あとになって〝パパのせいよ〟とか言うんじゃないぞ？」そう言ってマグカップを取り、コーヒーを感慨深げに一口飲んだ。

エレナはあらためて母のことを考えた。「あのね、さっきパパに言われたことだけど、当たっていたわ。ママのことは今でも大好きだけど、この一連の出来事でいちばん責められるべきなのは、やっぱりママだと思う。パパを裏切っただけでなく嘘までついて、二十年以上もわたしたちを欺きつづけたんだから」

「エレナ」父はそっとカップを置いた。「事の是非はともかく、わたしたち親子は幸せだった。家族として強い絆《きずな》で結ばれていた。違うかい？」

「ええ、そうね……パパの言うとおりよ」

父は曖昧《あいまい》な笑みを浮かべて尋ねた。「なぜ今日に限って、わざわざこんな話をしに来たのかと思ったんじゃないか？」

「どうしても話したかったから？」

父はくすくす笑った。「エス・ヴェルダッド。当たりだ。これだけはどうしても話しておきたかった。でないと、あとで後悔すると思った」父は力なく首を振った。

エレナは父の腕にもう一度ふれた。「大丈夫？なんだかすごく疲れているみたい」

父は席を立ち、両腕をエレナの体に回して愛情を込めて抱きしめた。「そうだな。確かに疲れたよ。それでいて、これまでになかったくらい満ち足りた人生を送っている気がする」

エレナは抱きしめられたまま体をわずかに引き、父の顔をのぞき込んだ。「満ち足りた人生？　ママも同じことを言っていたわ」

「つまりそういうことだ。パパもママも今の生活に満足している。おまえが考えている以上にな」

エレナは返す言葉が見つからなかった。

ともあれ、父は今の状況に満足しているらしい。それなら自分がとやかく言う必要などないのでは？

「だったらママとやり直すべきじゃない？　一緒に旅行にでも行けば？　二人で〝満ち足りた人生〟を送ればいいわ」エレナは父をからかった。

「それは無理だ」母と同じ返事が戻ってきた。

これ以上は何も言うまいとエレナは思った。結局のところ、これは父と母の問題なのだから。

それからすぐに、父は帰っていった。彼は玄関で娘をあらためて抱きしめ、愛しているよと言った。

エレナは何かすっきりした気分だった。心が軽くなったと言ってもいい。自分でも知らずに抱えていた重荷が、父の話を聞いてすっと消えた気がした。

少なくとも両親のあいだには平和が訪れていた。それぞれが自分の生活に満足している。今はそれで充分ではないか。

だが自分は違う。これからまだ長い人生が待っている。現状に満足して穏やかに余生を過ごすだけの生活などありえない。

人生には興奮と情熱、そして愛情が必要だ。

さしあたって今のエレナが何にも増して切望するのはローガン・マードックとの再会だった。

あと数時間でその願いが叶《かな》えられる。彼女は待ちきれなかった。

ローガンは自分に無性に腹を立てていた。昨夜エレナが車で走り去ってから十分後、彼女の残り香が消えた頃にローガンはようやく我に返り、自分がずっとケイレブの家の玄関先に突っ立っていたことに気がついた。

いったい何をしたんだ、ぼくは？　エレナを玄関まで送るだけのはずが、なんだってまた彼女の唇を奪ったりした？　ぼくはもっと分別のある男だっただろう？

エレナは驚いただろうし、絶対に忘れないはずだ。あのキスだけで、次はおそらくデートに誘われると期待させるのに充分すぎるくらいだ。

彼女をデートに誘うべきなのか？

とはいえ昨夜の自身の行動から考えて、エレナをデートに誘うのはみずから災難を招くことに等しい。妹を溺愛して保護者ぶるケイレブの家にいたときでさえ、ローガンはエレナに手を出さずにいられなかった。もしも彼女と二人きりになったら、自制心を保っていられるわけがない。

やはり無理だ。

デートを申し込むのはやめたほうがいい。

きっととんでもない男だと思われるだろうが、そうなっても自業自得ではないか。結局のところ、きちんと将来を見据えた交際ができないくせに、女性に思わせぶりな態度をとるやつは男として最低だということだ。

今日の食事会では可能な限り彼女とは距離を置いて過ごそうと心に誓い、ローガンはブラボー家へ向かった。

ローガンの決意は、およそ一時間で呆気《あっけ》なく崩れ去った。

ブラボー家の館の玄関から入ってきたエレナを見

た瞬間、彼の敗北は決まった。

昨日より一段と美しさを増している。ありえない話だと思った。エレナは濃紺に白い水玉模様の体にぴったりしたワンピースを着て、半袖の白いジャケットを羽織っていた。長い髪はアップにまとめられ、華奢《きゃしゃ》なうなじに後れ毛がかかっている。もし生まれ変われるならあの柔らかな後れ毛になって、彼女の首筋にそっとキスしたいとローガンは願った。

完敗だ。あの魅力に抗《あらが》えるはずがない。

彼女が姉と抱き合い、ケイレブと挨拶を交わしたあと、ローガンは前へ進み出た。

エレナが振り返り、彼を見てほほえんだ。口元にえくぼが一瞬浮かんだ。「ローガン」そう言って笑った。彼女から漂う甘い香りと同じくらい心地よい笑い声だった。「久しぶりね」

「十数時間ぶりだ」うなるような声で彼は言った。ばかげている。正気とは思えない。とにかく彼女の近くにいたくてたまらない。だが、それが本当にいけないことなのか？

いや、わかっていたはずだ。この状況はまずいと。

それでもなお、彼はエレナのそばを離れなかった。

まずキッチンに顔を出し、デイビスの妻アレタとエレナの姉マーシーに挨拶して、そのほかのブラボー家の息子たちの妻にも紹介され、しばらく会話を楽しんだ。

一時間後、裏庭で卵探し《エッグ・ハント》ゲームが始まり、子どもたちが参加した。親たちもつき添い、ほかの大人は裏庭のパティオでくつろいだ。

ローガンとエレナは隣り合った椅子に座り、子どもたちが芝生やオークの木の下を駆け回るのを見ていた。庭園の散策路に迷い込む子もいて、親たちがそのあとをついて回った。マーシーとルークの息子、二歳のルーカスが特にかわいい。ぽっちゃりした体に短い足。がむしゃらに走ろうとするので、何度も転んで芝生に頭から突っ込んでいる。それでもあきらめずになんとか立ちあがり、バスケットをつかみ、別のほうへ走る。そのあいだずっときゃっきゃっと笑いつづけていた。

ルーカスの隣にいるキーラは七歳。ブラボー家の四男マットとコリーンの長女だ。次男のゲイブの娘、三歳のジニーは妻のメアリーの連れ子で、彼女が最初の結婚で産んだ子だった。

ルーカスがまたもや派手に転んで芝生に突っ伏した。数歩離れたところにいたキーラが、すぐさま従弟《いとこ》を助けに行き、手を貸そうとした。

「まったく、しょうがないわね、ルーカス。もっとちゅういしなくちゃ！　ほら、手をかしなさい！」

「やだ、ぼくひとりで立てるもん！」ルーカスは従姉《いとこ》の手を払いのけた。

「あっ、そう。じゃあかってにすれば？」キーラはうんざりした顔でくるりと後ろを向いた。ピンク色のイースタードレスのスカートがふわりと広がった。

「キーラはとてもいい子なの」エレナが椅子から身を乗り出してローガンにささやいた。ジャスミンの甘い香りがふわりと漂い、彼は頭がくらくらした。

「だけどいつも、年下の子にお姉さん風を吹かせるのよ。あの子を見ていると、たまにうちの姉を思い出すわ」

彼はエレナに顔を向けた。ブランデーを思わせる琥珀色《こはくいろ》の瞳と目が合った。「マーシーも、お姉さんぶるタイプの子だったのかい？」

「ええ、そうよ。マーシーは母親と二人暮らしで、十二歳のときにその母親も失った。それで友人だったわたしの両親が養子として迎えたの。その辺りの事情はケイレブから聞いていない？」

「いや、知らなかったな」

エレナは美しい眉をわずかにひそめた。「本当？　わたしの家族について、ほかに何か聞いている？」

「いくつか教えてもらったよ……複雑な人間関係についての、ざっくりしたところを」

　彼女はぐるりと目を回した。「まあ、そうよね。いずれにしても、わたしがケイレブと片方だけ血のつながった妹だと知っていれば、さほど苦労をせずに事情を察することができるでしょう？」エレナは椅子にふたたび背を預け、芝生のほうをじっと見た。視線の先をたどるとデイビス・ブラボーと妻のアレタがいた。並んで椅子に座り、手を握り合い、大家族に恵まれた幸せな祖父母よろしく、誇らしげな顔に満面の笑みを浮かべて孫たちを見つめている。

「あの二人は結婚して三十五年になるの」彼女は抑揚のない声で言った。「わたしは二十五歳。つまり夫婦のどちらかが浮気してできた娘ということよ。ちなみにアレタじゃないわ」

　ローガンは身を乗り出して彼女と話そうとした。するとエレナが振り向き、彼と目を合わせた。瞳に嵐が吹き荒れていた。唇は固く引き結ばれている。

「怒った顔をしているよ」ローガンは言った。「その話題はここまでにしよう」

「怒ってなんかないわよ。だけど聞きたくないなら好きにすれば？」

　彼女の体にそっとふれて、なぐさめてあげたいとローガンは思ったが、手を伸ばしたりはしなかった。

「そうじゃない。きみがデイビスとの関係について話すのが嫌なら、ここまでにしようと言ったんだ。嫌でなければ、いくらでも続きを聞くよ」

　エレナは小さく息をついて顔を伏せた。長く濃いまつげが頬に扇形の影を落とすのが見えた。やがて彼女は顔を上げた。そこに怒りの色はなかった。

「ごめんなさい。話すのは別に嫌じゃないわ。今の状況を素直に喜べないだけ。周囲の人たちは過ぎたことはもう忘れろって言うけど」

「だがきみはまだ――そんな気持ちになれない？」

「まあね」エレナは口をつぐんだ。

ローガンは無理に訊《き》こうとせず、話題を変えた。

「そういえば、マーシーがお姉さんぶるタイプだとさっき言ったね」

彼女の顔がぱっと明るくなった。「ええ、そうよ。初めて会ったときも、生まれたときからわたしの姉だったみたいに偉ぶっていた。子どもの頃は喧嘩《けんか》もずいぶんしたけれど、やっぱりマーシーが大好きで、世界一すてきな姉だと思っていた」

「最高のお姉さんだったってことか」

「〝だった〟じゃないわ。今でも最高の姉よ」夢中で話すエレナの口元を見つめていたローガンは、彼女とキスをしたときの柔らかな唇の感触をふと思い出した。つい、あの感触をもう一度味わってみたくなった。ブラボー家の館の裏庭で、ほかの人たちがエッグ・ハントに興じるあいだに。

彼はどうにか自分を抑えた。ぎりぎりのところで。

ジニーが卵を見つけたらしい。大きなサテンのリボンがついたラベンダー色のドレスを着ているので、彼女が卵を取ろうとして前屈《まえかが》みになったとき、裾の広がったスカートが体の後ろにふわりと上がった。ジニーは拾った卵を高く掲げて言った。「やった！やった！」

ローガンはそれを見て笑った。

「小さい子は好き？」エレナが訊いた。

「好きでなければやってられなかったよ。子どもの頃から弟と妹の世話をしてきたからね。ついこの前、それもようやく終わったが」

「あの子たちを見てると、自分の子供時代を思い出すんじゃない？　エッグ・ハントをしたこととか」

「まあね。だがどちらかというと、自分が楽しんでいた頃より、成長してそういう遊びをしなくなり、両親を手伝って卵を隠したときの思い出かな。弟や妹が卵を拾うたびにきゃあきゃあ騒ぐのを見ながら、自分が少し大人になった気分を味わった」

エレナはくすりと笑った。「わたし、お兄さんがほしいとずっと思っていたの」そうつぶやいて感慨深い表情を浮かべた。「けれども今は、七人も兄がいる」彼女はつんと顎を上げ、陽気だがどこか開き直った態度で朗らかに言った。「つまりデイビス・ブラボーの婚外子になったのも、まんざら悪いことばかりではなかったというわけね」

ローガンは急に不安に駆られた。彼女は自暴自棄になりかけているのではないか。思わず腕を伸ばし、エレナの細く柔らかな指と自分の指を絡め合わせた。「そんなに悲しまないで」小声で彼女に言った。「ケイレブのことを考えるんだ。大好きな兄がいない人生なんて想像できないだろう？　あいつだってきっと同じだ。きみなしの人生なんてありえないと言うに決まっている」

エレナは曖昧な笑みを浮かべた。「ええ。考えてみれば不思議ね。事実を知ったまさにその日から、ケイレブとわたしの距離は急に縮まったわ。まるで昔からずっと兄妹《きょうだい》だったかのように」

話題にされた当の本人は、少し離れた場所で妻のイリーナと肩を並べて座っていた。エレナとローガンが視線を向けると、彼もこちらをちらりと見て、片方の眉をきゅっと上げた。

ローガンは今も彼女と手をつないだままだった。今日は可能な限りエレナと距離を置いて過ごそう、と決めたはずだ。その誓いはどこへ行った？　すぐにでも彼女から離れるべきだったのに、ローガンはそうしなかった。

先に動いたのはエレナだった。彼女はそっと指をほどいて手を放し、美しい唇の端をわずかに上げ、ほほえみを浮かべた。頬が赤く染まっていた。

裏庭ではエッグ・ハントがそろそろ終わりに近づ

き、牧場で馬を飼育するルークが、厩舎《きゅうしゃ》を見に来ないかと大人たちを誘った。

男性陣はルークの提案を受け入れた。女性たちは子どもたちを館へ連れて帰り、キッチンで料理を仕上げ、テーブルの準備をするそうだ。ローガンも椅子から立ちあがり、ほかの男性たちと一緒にルークのあとについていった。

エレナとふたたび話ができたのは会食の席だった。二人はテーブルで隣同士になった。食事中に体がうっかりふれたりしないか、ローガンは細心の注意を払った。会話のために顔を近づけるときにも適切な距離を保とうと気をつけた。

料理を食べたあとは全員でテーブルを片づけて、デザートの前にいったん休憩することになった。リビングルームでくつろぐ者もいたし、娯楽室へ向かったグループもいた。それ以外の人は裏庭に出て、プールサイドや木陰に置かれた椅子に座ってのんびりと過ごした。

エレナはキッチンに残った。ほかにもマーシーや、次男のゲイブの妻メアリー、そしてイリーナがいた。ローガンはケイレブと娯楽室へ行き、ビリヤードを楽しんだ。意外だったのは、ローガンが今日の午後、ほとんどエレナのそばを離れなかった事実について、ケイレブが会話の中でいっさいふれなかったことだ。ローガンは心の中で親友に感謝し、今からは自制心をしっかり働かせるぞとあらためて肝に銘じた。

二度目の決心はおよそ一時間と三十分保つことができた。つまり休憩を終えた人々が、コーヒーとケーキと自家製アイスクリームを目当てにダイニングルームへ戻ってきた時点まで、という意味だ。

エレナの隣の席はローガンのために空けてあった。彼女の隣に座り、琥珀色のつぶらな瞳に魅入られ、笑い声に心を奪われ、エレナの肌が放つ甘い香りに酔いしれる以外に何ができるというのだ？

デザートのあとで二人は一緒にリビングルームへ行き、長椅子に並んで座った。客たちが帰り支度を始める物音が聞こえてくる頃には、ローガンはこれ以上自分に嘘をついたり、守れるはずのない誓いを立てたりするのはやめようと決心した。

彼はエレナが好きだった。夢中だった。エレナのほうも彼に好意を持っているのは間違いなかった。彼女は二十五歳で、すでに大人の女性だ。どちらも相手とつき合いたがっているなら、そうしてもいいはずだ。単純なことをわざわざ大げさに考える必要はない。

ところがローガンが意を決してエレナをデートに誘おうとしたとき、彼女は席を立ち、すぐに戻ると約束して部屋を出た。エレナがどこへ行ったのか、彼には見当がつかなかった。やがてケイレブがやってきて、そろそろ帰ろうと促された。

ここを出る前に、なんとかしてもう一度エレナに会いたかった。たとえケイレブに彼女の電話番号を聞き、あとで電話をかけるほうが簡単だとしても。ローガンはリビングルームを出て館の奥へ向かった。エレナはキッチンで姉と一緒にいるのかもしれない。しかしそこにいたのは、マーシーが今日の食事会のために臨時で雇った手伝いの女性たちだけだった。ローガンは廊下へ戻り、さらに進んだ。

廊下に面したドアは左右に三枚ずつ、全部で六枚あった。右側のいちばん奥のドアがわずかに開いているのが見えた。

部屋の中からエレナの声が聞こえてきた。彼女は絞り出すような、感情を押し殺した声で話していた。

「ですから、こういった気遣いは無用です。むしろ、わたしのことは放っておいてほしいんです」

「エレナ、おまえはわたしの娘だ」男性の声がした。誰の声かすぐにわかった。デイビス・ブラボーだ。

4

デイビス・ブラボーの言葉はさらに続いていた。

「わたしはただ、おまえともっと親しくなりたいと思っただけだ。実の娘の身を案じない親はいない。おまえに……幸せになってもらいたいんだ」

「その点ならご心配なく」エレナが毅然《きぜん》と答えた。

ローガンは彼女の張り詰めた声を聞き、冷静さを保とうと必死なのだろうと察した。「ご覧のとおり、元気にやっておりますので。とても幸せな毎日を過ごしています」

「頼むから、この信託財産を受け取ってくれ。面倒な条件は何もついていない」デイビスが言った。

「お断りします」

「せめてわたしの顧問弁護士に会ってほしい。彼らが詳しく説明を――」

「申し訳ありませんが」

「わかった。金の話はひとまずやめておこう。その代わりと言ってはなんだが、いつか日をあらためてコーヒーでも飲みながら話さないか？　二人きりで、一時間かそこら。そうすれば――」

「ミスター・ブラボー」エレナがまたもや彼の言葉をさえぎった。「その件については……少し考えてみます。それでよろしいですか？　すみませんが、そろそろ本当に行かないといけないので」

「エレナ……」

「もう充分でしょう？　これで失礼します。では」

逃げるように部屋から出てきたエレナは、ちょうどそこにいたローガンの胸に飛び込んだ。たくましい体に行く手を阻まれて彼女は不思議そうに顔を上げ、呆気《あっけ》に取られた。「ローガン？」そしてぱっと飛び退《の》いた。

「やあ」エレナを抱き寄せたい衝動を抑えながら、ローガンは言った。「けがはないかい？」

「ここで何をしているの？」

「帰る前に一言挨拶したくて」

そのときデイビスがエレナの後ろから姿を現し、冷ややかな視線を彼へ向けた。「何か用かね？」

彼女はとっさにローガンをかばった。「彼はわたしを捜していただけです」

「おかげさまで、実に楽しい一日を過ごせました」

彼はデイビスに手を差し出した。「ありがとうございました」

デイビスの態度がいくぶんやわらいだ。「それはよかった」彼はローガンの手を取り、力強く握った。

「お礼を言うなら、どうかエレナの姉マーシーに。彼女は今日の食事会の準備をほとんど一人で行ったのでね。うちの妻も多少は手を貸したが」

「そうでしたか。本当にすばらしい食事会でした」

ブラボー家の当主はもっともらしくうなずいた。それから、ふたたびエレナを見て言った。「さっきの話だが、もう一度よく考えてくれないか？」

「わかりました」彼女はデイビスと目を合わせずに、しぶしぶ答えた。

デイビスはそのまま部屋を出て廊下を歩いていき、リビングルームのドアの向こうへ姿を消した。

彼の姿が見えなくなるやいなや、ローガンはエレナの手を取った。「来てくれ」

彼の勢いにエレナは尻込みした。「どこへ？」

「どこでもいい。二人きりで話せる場所だ」

「ローガン……」結局、彼女はローガンに手を引かれるままに廊下を進み、二人は別の部屋に入った。

普段は事務室として使用する部屋だと思われるが、重厚なマホガニーのデスクが置かれ、壁沿いに本棚がずらりと並ぶさまは、どちらかというと書斎に近いと彼は思った。

部屋へ入るとローガンはドアを閉め、片方の手で押さえた。

「どういうつもりなの、ローガン？」

「大丈夫か？」

エレナはちらりと横目で彼を見た。「どこから聞いていたわけ？」

ローガンは肩をすくめた。「まあ、それなりに。デイビスはきみに信託財産を渡すつもりだったが、きみは受け取りを拒否した。さらに生物学《バイオロジー》上の父親、すなわちバイオパパとコーヒータイムを楽しむことにも難色を示した」

「何が〝バイオパパ〟よ。バイオハザードの親戚か、ウイルスの変異種みたい。いかにも有害物質って感じね」

「実際、彼のことはその程度の認識なんだろう？」

エレナはとりあえず眉をひそめ、とがめるような視線をローガンへ向けた。「盗み聞きするなんて、悪趣味だわ」

「ああ、自分でも反省している。母が生きていたら、こんなぼくを見てがっかりしたかもな」

「じゃあ、どうして……」

ローガンは心の中で答えをつぶやいた。きみに興味があったから。ありすぎてどうしようもなかったから。きみに関することならなんでも知りたかったから。「ディナーに誘いたい。明日の夜は？」

彼女は考え込むふりもせずに答えた。「いいわ」

琥珀色《こはくいろ》の瞳がデスクランプの明かりを受け、金色に光るのを見てローガンは思った。エレナを手に入れたい。なんとしてでも。こんなことならケイレブの家に滞在するのではなかった。そうでなければ、このまま彼女を連れ出して一夜をともにできたのに。

「わたしの質問に対する答えをまだ聞いていないんだけど」エレナが不満そうにつぶやいた。

「どうしてと言われても」彼は嘘《うそ》をついた。「きみを捜していたら誰かと話す声が聞こえて、なんの話かと好奇心に駆られた、としか言いようがない」

「あなたには関係ないことでしょう？」

「罪を認めよう。二度と盗み聞きをしないと誓えば、許してくれるかい？」

エレナは腕組みをして言った。「さあどうかしら。守れる自信はある？」

「絶対に守るよ」きみと距離を置いて過ごすという誓いだけは、ついに守れなかったが。

彼女は組んだ腕をほどいた。「それならいいわ。またこそこそ嗅ぎ回ったりしたら、話は別だけど」

エレナは振り返り、部屋の奥へ向かおうとした。ローガンはすかさず腕を伸ばして彼女の手を握り、体ごと引き寄せた。「どこへ行く？」

「紙とペンを借りるの」彼女はローガンの胸に手のひらを当ててそっと押した。柔らかな手のひらの感触が伝わってきて、なんとも言えない心地よさだ。

「わたしの住所と電話番号が書かれたメモが必要でしょう？」

向かい合って彼を見上げるエレナの唇がわずかに開いた。彼を誘うかのように。

キスしてほしい、と言いたいのか？

ローガンは彼女の頬から顎のラインを指でなぞり、指をさらにその先へ這《は》わせて首の横をそっと撫《な》でた。

エレナはかすかに体を揺らし、はっと我に返って彼にささやいた。「ここはルークの仕事部屋よ？」

「いいね」ローガンは彼女に顔を寄せた。

エレナは顔をわずかにそむけて彼の唇を避けた。

「他人の仕事部屋でキスをするなんて、だめよ」

「誰がそう言ったんだい？」

エレナは眉をひそめた。「さあ？　でもなんだか……不謹慎に思えて」

「大丈夫だよ。彼はきみの義理の兄だ。そんなこと少しも気にしないさ」

「本当にそう思う？」

「絶対に大丈夫。ぼくが保証する」

ローガンは彼女の柔らかな唇に優しくキスをした。唇をゆるやかに動かして、たまにじらすかのごとく短いキスを繰り返した。

「気をつけてね」エレナが吐息混じりに注意を促し、彼の唇に合わせるように自分の唇を動かした。

ローガンはエレナの下唇を軽くかんで、滑らかでふっくらした感触を舌で楽しんだ。彼女はぶるりと体を震わせ、すぐにぐったりと彼に身を預けた。

「気をつけてって、何に？」ローガンは尋ねた。

「すべてに……いいえ、どうでもいいわ……ああ、もうわからない……」

ローガンは唇を強く押し当てた。気をつけることなどない。ほかのことは何も考えなくていい。

今はこの瞬間だけを感じていたい。自分の腕の中にエレナがいるこの幸せだけを。

ローガンは彼女をさらに強く抱きしめた。

エレナがため息をついて唇を開いた。甘い花の香りと味がローガンの口の中に広がった。

彼女の熱い吐息。そしてこの潤い……。

彼がエレナの口に舌を差し入れると、彼女は低いうめき声をあげてローガンを受け入れた。

ローガンもうめき声で応え、彼女の舌に自分の舌を絡めた。

彼女は片方の手をローガンのうなじに回し、遠慮がちに髪をまさぐった。ローガンはその心地よさにうっとりした。

やがてエレナはもう一度彼の胸に手のひらを当て、ほんの少しだけ押した。

ローガンはすぐに彼女の合図に気づいて唇を離し、顔を上げた。

エレナは夢見るような目で彼を見てつぶやいた。

「あなたって、わたしを……」そこでため息をつき、あらためて言った。「最高の気分にしてくれる」

彼はうれしくて我慢できなくなり、さらにキスを続けた。永遠に彼女とキスしていたいと思った。

だがここはブラボー家の館で、この部屋が彼女の半分だけ血のつながった兄の仕事部屋だということも、ローガンは忘れなかった。そのうちケイレブが彼を捜しに来るはずだ。

しかたがない。そろそろ戻らなければ。

ローガンはしぶしぶ顔を上げた。「じゃあ、明日また会おう」半分は彼女に、あとの半分は自分に言い聞かせるみたいにつぶやいた。

エレナは彼の目を見つめてかすかにほほえむと、デスクへ向かった。

引き出しを開けてペンを出し、デスクのメモ用紙を一枚取って自分の住所と電話番号を書き、ペンを引き出しへ戻した。

ローガンが手を差し出すと、エレナは小さな四角いメモを彼の手のひらに置き、指を閉じて握らせた。

「七時でどう？」ローガンの手を握ったまま尋ねた。

「わかった、七時で」

二人はしばらく見つめ合い、やがて彼女が言った。

「部屋を出るわ。ドアを開けてくれる？」

「そう言われると思った」

彼がドアを大きく開け、エレナは廊下へ出た。ローガンはエレナがキッチンに入るのを見届けてから、自分も部屋を出てリビングルームへ向かった。

「今、ちょっといいかい？」帰宅後しばらくして、ケイレブがローガンの部屋にひょっこり顔を出した。イリーナはすでに寝室へ引きあげたあとだった。

ローガンは残りのメールをすべて送信し、ノートパソコンを閉じた。「いいよ」

ケイレブはドア口に立ったまま言った。「きみはエレナがすっかり気に入ったらしいな」

「否定はしないよ」

「デートに誘ったのか？」

「ああ、承知してくれた。ディナーだ。明日の夜」

「ならいい。せいぜい楽しんでくれ」

ローガンはふんと鼻で笑った。「それだけかい？　かわいい妹を守る最強のお兄ちゃんとして、もっと言いたいことがあるんじゃないのか？」

「言ってどうする？　エレナを泣かせたりしたら、即座に地獄行きだ。それくらいは言わなくてもわかるだろう？」ケイレブは視線を床に落とし、ふたたび顔を上げて言った。「なんてな。「冗談だ」

「なんだ、本気かと思ったよ」ローガンは立ち聞きしたエレナとデイビスの会話の内容をケイレブにも話そうかと思ったが、やめた。教えたければエレナかデイビスが自分で話すはずだ。もしかしたらケイレブはすでに知っているかもしれない。

エレナも言ったとおり、ぼくには関係ない話だということか。

ケイレブはばつの悪そうな顔で言った。「おい、今の話をエレナにはばらすなよ？　知られたら最後、あとでどれだけ小言を聞かされるか――」

「安心しろ。泣かせたら即座に地獄行きだときみに警告されたことは、ここだけの話にするから」

ケイレブはしかめっ面をした。「ぼくはちゃんと〝冗談だ〟と言ったよな？」

「確かにそう言ったな」

「ついでに教えておこう。ぼくは嘘をつくのも得意なんだ」

コンドミニアムの扉を開けて入るなり、奥で電話が鳴っているのが聞こえた。エレナは電話を取りに居間へ向かった。ディスプレイに姉の名前が表示されている。

だと思ったわ。

エレナは受話器を取った。「何か用？」

「ずいぶんつっけんどんな言い方ね」

「悪い？　それでなんの用なの？」

「今日は人が多すぎて、話がぜんぜんできなかったでしょう？」

「ええ、たまにはこういうのも悪くないわね」

「デイビスが言っていたわ。あなたがその気になりさえすれば、いつでもランチに誘いたいって」

「しつこいわよ、姉さん。二度とその話はしないでと言ったでしょう？」

「それはそうだけど……でも、このままだとデイビスもあなたも不幸なだけだと思って……」

「わたしはこのままで充分幸せなの。わかった？」

「そうは思えないわ」

「それにお願いだから、わたしのことをデイビスとあれこれ話すのも、今後はやめてちょうだい」

「ねえ、エレナ。わたしはあなたの味方よ。だから誰よりも幸せになってほしいと思っているのよ」

今朝、父がコンドミニアムを訪れたときのことをエレナは思い出した。「今朝、パパがうちに来たの。二人でいろんな話をしたわ」そして父が打ち明けたことを姉に詳しく伝えた。

「父さんも大変だったのね」話を聞いた姉が言った。

「ええ、ずいぶんつらい思いをしたみたい。それと、もしわたしが自分の意思でデイビスに会うと決めたのなら、そのときは応援するって言っていたわ」

「本当？　よかったじゃない」

「食事会のあとでデイビスと話したときも、いつか日をあらためてコーヒーでも飲もうと誘われたから、よく考えてみますと答えたわ」

「すごいわ、エレナ。さすがわたしの妹ね」

「そういうことだから、もうこの件については口を出さないで」

「わたしはただ――」

「姉さんが何を望んでいるかはわかってる。今までさんざん聞いたから。これ以上言わないで」

しばらく沈黙が続き、やがて姉が言った。「わかったわ。だけどもし、誰かにこのことを相談したくなったときは――」

「真っ先に姉さんに相談する。それでいい？」

「よろしい」そう言ったあと、姉は少し穏やかな声で言った。「時の流れって早いのよ。気がつかないうちにどんどん進んでいる。仲よくなりたいと思っていた相手が、ある朝目が覚めたら永遠に会えなくなっていたりする。チャンスを逃せば後の祭りよ」

「そうね」姉が誰の話をしているのか、エレナは察した。マーシーは実の父親のことをほとんど覚えていない。彼女が幼いときに、酒場での喧嘩《けんか》が原因で亡くなったからだ。「ときにはそのチャンスすら与えてもらえないこともあるわ」

「そのとおり。つまりチャンスを見つけたら――」

「わかってる。見つけたら、すぐにつかまなければだめだって言いたいんでしょう？」

「そう。だから頑張って、エレナ。愛しているわ」

「わたしもよ。愛しているわ、姉さん」

そのあとはどちらも何も言わず、満ち足りた心地よい沈黙がしばらく続いた。

やがて姉が言った。「そういえばデイビスが言っていたわ。あなたとの会話をローガン・マードックに立ち聞きされたって」

エレナはすぐにローガンを弁護した。「彼は立ち聞きしたわけでは――とにかく、それは誤解よ」

「あと、ほかにもいろいろ聞かされた」

「えっ？　ローガンの悪口とか？」

「あら、その逆よ。だけどデイビスの話なんかもうたくさんだって言うのなら――」

「ねえ、意地悪しないで早く教えてったら！」

「はいはい。彼はローガンが気に入ったみたいね。自分が不始末をしでかしたとわかっても、見苦しい言い訳をいっさいしない男は見どころがある、とか話していたわ」

「〝不始末〟ね。どの口が言っているのかしら」

「エレナ、何もそんな言い方をしなくても――ねえ、当ててみましょうか。ローガンにデートに誘われたんでしょう？」

「ええ、まあ」

「絶対そうなると思っていたわ。どう見てもあなたに興味津々な様子だったから」

　エレナは炉棚の上の鏡に映った自分の顔に向けてほほえんだ。「明日の夜、一緒にディナーに行く約束をしたの」

「楽しんできてね」

「もちろんよ。楽しいに決まってる」

　ローガンは七時きっかりにエレナを迎えに来た。扉を開けると、ローガンはグリーンの目でエレナをしげしげと眺めた。わずかな部分も見逃すまいとする彼の視線に、エレナは自分がいっそう美しく、女らしくなった気分を味わった。シルクのノースリーブのドレスは、襟ぐりが大きく開いたシンプルなデザインで、ローガンにもすてきだとほめられた。エレナは彼を中に招き入れようとしたが、このまま出かけたいと言われた。レストランの席を予約してあるらしい。

　ローガンに連れていかれたのは、ダウンタウンの高級ステーキ店だった。最高ランクの牛肉を食べられる、ワインの品揃《しなぞろ》えも豊富な店だ。カベルネ・ソーヴィニヨンの赤は重厚な味わいで、メイン料理のフィレ・ミニョンステーキとの相性もよかった。

　エレナはローガンとさまざまな話をした。夢中になりすぎて時が経《た》つのを忘れるほどに。兄と親の役割を同時にこなす生活とはどんなものだったのかとエレナは尋ねた。

ローガンは答えた。「両親が死んだあと、初めはどうすればいいのかまったくわからなかった。正直、お先真っ暗の状態だった」

「わたしには想像もつかないわ」

「もちろん弟も妹も大きなショックを受けた。下の弟のナイルは何かと反抗的で、末っ子のブレンダは泣いてばかりいた。いちばん年の近い弟のコーマックだけは冷静で、常にぼくを支えてくれた。たまにナイルやブレンダの世話を頼んだりしたよ」

「そのままテレビドラマになりそう」

ローガンはワイングラスをじっと見て、物憂げな表情を浮かべて一口飲んだ。「少し大げさに話してしまったかな」

エレナは首を振った。「違うの。そんなつもりで言ったわけじゃない。あなたの人生を軽く見たなんて思わないで」

「思っていないよ」ローガンは優しく彼女を見つめた。「それに今考えれば、ナイルもブレンダもそこまでの問題児ではなかった。両親を恋しがり、命令ばかりする兄に反発していただけだったんだ」彼は遠い目をした。「ナイルは今、ロースクールに通っている。テキサス大学のオースティン校だ」

「お兄さんと同じ学校なのね」

「法廷弁護士になりたいらしい。ぼくの考えでは、これほどあいつにぴったりな職業はないよ。何しろ小さい頃から口答えばかりして、口喧嘩で負けたことが一度もないんだから。一時期はドラッグに手を出したり、体にタトゥーを入れたりして荒《すさ》んだ生活を送ったが、今はちゃんと人生の目標を見つけられた。だからもう心配する必要はない。ブレンダは女優を目ざしている。ここだけの話、大勢の客の前で赤の他人のふりをしてみせる仕事のどこがそんなに魅力的なのか、ぼくにはさっぱり理解できない。それに、ああいう職業は安定した収入が見込めないし、長く続けられる仕事でもない。でも、それがあの子の夢だからね。〝兄〟兼〝保護者〟としては、これからも妹を支えるのが自分の務めだと思っている」

「さすがね！」エレナはグラスを掲げ、彼のグラスに軽く当てた。

「ブレンダはこの秋からニューヨーク大学に通う」

「あそこは演劇の分野で全国でも指折りの名門だと聞いているわ」

ローガンはデザートをスプーンですくいながら尋ねた。「きみはテキサス大学に通ったのか？」

「ううん……バークレー校よ。カリフォルニア大学の。親元を離れて、西海岸で暮らすのは楽しかった。ユニークで興味深い思想を持つ人たちにもたくさん会えて、毎日が充実していたわ」

「つまりきみも髪に花をつけたり、自由恋愛《フリー・ラブ》主義を実践したりしたわけか」

エレナは横目でじろりと彼を見た。

「何か変なことを言ったかい？」ローガンはわざととぼけてみせた。

「ヒッピー文化が一世を風靡《ふうび》したのは、六〇年代後半の話よ？」

「そうか。しかし空想するだけならいいだろう？　きみが髪に花を飾ったら、とても華やかになるな。ハイビスカスがいい。耳の上に一輪添えて……」

「似合うと思う？」エレナは彼に顔を寄せた。

ローガンは彼女の手を取って唇を当てた。さらに空いているほうの手を伸ばしてエレナの髪を一房、耳の後ろにかけて彼女を見つめた。エレナは体が熱くなるのを感じた。

「うん、ハイビスカスがいい」ローガンがもう一度つぶやいた。「間違いなく似合うはずだ」

エレナも彼を見つめ返した。どういうわけか急に、元恋人のアントニオと、彼の新しいガールフレンドのタピーのことが頭に浮かんだ。あの二人もこんなふうにどこかで手を取り合い、最高に幸せな気分に浸っているのかしら？　エレナはついほほえんだ。

彼も唇の端をきゅっと上げた。「どうした？」

「世界中の恋人たちが今宵《こよい》幸せでありますように、と祈っただけ」

ローガンがふたたび彼女の頬にそっとふれた。温かな手のひらをあてがわれた心地よさに、エレナはうっとりした。撫でられて喉をごろごろ鳴らす猫になった気分だ。「きみは幸せかい？」彼が尋ねた。

「ええ、とっても」

コンドミニアムに戻ったのは十一時過ぎだった。ローガンは扉の手前で彼女に軽くキスをした。

エレナは振り返って鍵を開けた。彼はその後ろに立った。彼女がぞくぞくするほどすぐそばに。

ローガンが肩に手を置いた瞬間、エレナの体に甘い衝撃が走った。全身から力が抜けて我知らず彼に背中を預けると、ローガンは顔を寄せて彼女の首のつけ根に唇を当てた。

彼の唇が首を伝うのを感じながらエレナは喜びのため息をもらし、扉を開けることも忘れて甘美な快感に浸った。持っていた鍵が手から落ち、彼女はローガンに顔を向けて唇にキスをした。

「中へ」エレナは唇を離しながらささやいた。

ローガンが一歩後ろへ下がり、エレナはようやく扉を開けられた。彼を招き入れて扉を閉め、ドアロックをかけたとき、自分の手が震えているのがわかった。

彼女は狭い玄関ホールの照明のスイッチを入れ、ローガンを居間へ案内してソファの横の明かりと暖炉脇のフロアスタンドを点《つ》けた。

彼はバラ色のソファと椅子、セージグリーンの壁、濃い色の板張りの床などを興味深そうに眺めた。

「とてもすてきな部屋だね」ローガンはそう言ってエレナを抱き寄せ、またキスを始めた。

いつのまにか二人はソファに座っていた。彼女は息も絶え絶えになり、彼にうっとりと身を委ねた。興奮が体を駆け巡り、長いあいだ夢見ていた展開への期待が高まる。

ついにわたしのすべてを捧《ささ》げるときが来たのね。しかも、これほどすばらしい男性に。

ローガンが彼女のむき出しの腕にふれ、大きな手のひらで撫でおろした。こんなにシンプルで力強い愛撫《あいぶ》をされただけで、なぜここまで快感を覚えてしまうのか。あまりにも完璧すぎる。エレナは喉の奥で低くうめいた。

エレナは靴を脱ぎ捨て、ソファの肘かけに寄りかかった。ローガンは彼女に覆いかぶさった。

彼の手がエレナの胸にふれた。ドレスとブラジャー越しの愛撫でさえ、彼女の体は火がついたように熱くなった。

エレナが首を弓なりにそらして柔らかな喉をさらしたのを見て、ローガンは彼女の喉元に唇を当て、さらにその先へ唇を這わせていった。大きく開いた襟ぐりからのぞく胸元に彼が唇を押し当てた瞬間、エレナの体を欲望の炎がいっきに駆け抜け、彼女は甘いうめき声をあげた。

エレナは手のひらを彼の胸に当て、硬く心地よい手ざわりと熱を堪能した。今すぐにシャツを脱がせてじかにこの熱を感じたかった。二人の体を隔てるものをすべて取り去りたくて、うずうずした。

ふいにローガンが体を起こし、彼女を抱きあげた。エレナは驚いて小さな笑い声をあげた。

「寝室は?」彼はそう言ってエレナにキスをした。

彼女もキスで応え、寝室の場所を身ぶりで示した。

5

寝室に入るとローガンはエレナをベッドの手前でおろした。彼女の足がベッドサイドのラグにふれた。それからさらにキスをした。永遠に続くのではないかと思えるほど長く、湿ったキスが続いた。

エレナは頭がぼうっとして魔法にかかったようになり、気がつくとローガンに体をすり寄せていた。そうすることが何よりも自然に思えた。

キスをしたままうなじを撫《な》でたローガンは、ドレスのファスナーを手探りで見つけ、それをおろした。ドレスの背中が大きくはだけたのを感じ、エレナははっと我に返った。

彼女は唇を離して体を引き、ドレスが落ちるのを防ごうと急いで胸元を押さえた。顔を上げてローガンを見る。熱を帯びた深いグリーンの瞳が、何かを問いかける澄んだ色に変わっていた。

彼はエレナの肩に手を置き、じっと見つめた。

「先に話したいことがあるのかい？」

エレナはうなずいた。

ローガンは彼女に背中を向けさせた。彼の意図を察したエレナは背中にかかった長い髪をたぐり寄せ、じゃまにならないようにした。ローガンはドレスのファスナーを上げた。エレナはうなじに手を伸ばし、ローガンの手を取ってくるりと振り向き、そのままベッドの端に腰をおろして彼の手をそっと引くと、ローガンを自分の隣に座らせた。

彼は握られた手を口元へ持っていき、エレナの指にキスをした。ローガンの唇と、肌にかかる温かな息の感触に彼女はぞくぞくした。どうということのない動作の一つ一つで体にさざなみが走り、彼女の中に新たな欲望を生み出した。

「どこから話せばいいのか、わからないわ」エレナはつぶやいた。

「実はぼくもきみに訊《き》きたいことがある」彼の声は冷静だった。せめて彼の半分でいいから、落ち着いていられたらとエレナは思った。

「そうなの？　わたしから話してもいい？」

「いいよ。どうぞ」ローガンのほほえみに、彼女は勇気づけられた。

エレナは咳払《せきばら》いをした。避妊について事前に合意を得るのは確かに重要だ。だけど本当はそんな話をせずに自然の成り行きに任せたかった。それにもう一つ、気まずい話をしないといけないことも頭ではわかっていた。

だけど、いざとなると……。

しっかりしなさい。なんのためにローガンにキスを中断させたの？　何も考えないでただ体を重ねる前に、話しておきたいことがあるからでしょう？　でも、どうしよう。恥ずかしくてたまらない。うまく言える自信がまったくない。

とにかく気負わずに話そうとエレナは思った。

「まず言っておきたいのは、わたしがずっとピルをのんでいること」彼女はそう口にして首をすくめた。味もそっけもない言い方だ。これだけで終わらせるのはよくない気がした。何か説明を加えなくては。

「あの……少し前までボーイフレンドがいたのよ」いったん話しはじめると止まらなくなった。「その人と……えっと……男女の関係になると信じていた。だからピルをのみはじめた。でも現実はそううまくいかなくて、つまり……ああ、わたしったら何を話しているの？」エレナは彼の手を振りほどき、手で顔を覆った。「必要ないことまでぺらぺらしゃべるなんて、ありえない。穴があったら入りたい」

「大丈夫だよ」ローガンが穏やかに言った。多少、笑ったみたいにも聞こえた。エレナの手首を優しく握ってそっとはずし、両手で彼女の顔を包み込んだ。

「頭の中にあることがうまく言葉にできないことは誰にでもある。よくわかるよ」

「あなたって、いつもその場にいちばん合った言葉を瞬時に思いつくのね、ローガン」エレナは半泣きで彼の胸に飛び込んだ。

「まだ何か話したいことがあるのかい？」

「ええ」伝えなければいけないと思った。行為の途中でその事実に気づかれるのは嫌だった。

「言ってごらん」

「これが……初めてなの」

エレナがその言葉を口にした瞬間、ローガンの顔色がさっと変わった。

「バージンなのか？」感情を交えない静かな声で、彼が言った。

「何か問題でも？」笑ってはいけない場面なのに、急に笑いが込みあげて、彼女は必死にこらえた。

「エレナ」ローガンが全力で自分を抑えているのが声から伝わってきた。彼はベッドに座り直した――エレナとほんの少し、距離を置いて。「いいかい、これからぼくが言うことを怒らないで聞いてくれ。このまま行為を続けていたらきみの初体験になっていたと知って、なぜぼくがこれほど動揺したのかを理解してもらえるはずだ」

つまりその気が失《う》せたと言いたいのだろうか？だとすると、彼女はバージンだったせいでせっかくのチャンスをふいにしたことになる。「話して」

「初めて会ったときから、きみがほしかった」突然、彼は真剣な表情をした。態度にも声にも実直さが感じられた。「本当は今でも抱きたくてたまらない。きみは魅力的で、男なら誰でも生涯の伴侶《はんりょ》にしたくなる女性だ。きみの大切な〝初めて〟を捧《ささ》げるのは、結婚を意識したつき合いができる誠実な男がいい。

だがぼくは、ようやく得た自由な時間を自分のためだけに使いたい。少なくともあと数年は、結婚を真剣に考えるつもりはない」

　エレナは指をこめかみに当てながら首を振った。

「ほめられたのに侮辱された気分になるって、どういうこと？　ありえない。でも実際にそうなのよ」

「今の説明で混乱させたのなら、すまない」ローガンが話を続けた。「ぼくはお父さんとの取引がすんだらダラスに帰る。つまり、ぼくたちの関係もそこで終わりだ。そんな条件では、きみだって納得できないんじゃないか？」

　それでもいい、と答えたい誘惑に彼女は駆られた。たとえ自分の希望とは明らかに違っていても。

　だがエレナはその衝動を抑え込んだ。「ええ」

「やはりな」ローガンはベッドから腰を上げた。

　エレナは彼のあとを追って玄関へ向かった。

　扉の手前でローガンの腕を握った。「待って」

「エレナ……」彼の目に後悔と切望の色が見えた。

　彼女は爪先立ちになり、ローガンにキスをした。二人はそのままキスを深め、長いあいだ唇を重ねていた。エレナは呼吸が速くなるのを感じた……。

　しかしその先の行為に及ぶ前に、エレナは踵《かかと》をおろして数歩下がった。「さよなら、ローガン」

　彼はうなずきで応え、扉の向こうへ消えた。

　翌朝、エレナが学校へ行く支度をしていると、マーシーから電話があった。電話に出たとたんに姉の声が響いた。「それで？　どうだったの？」

　エレナは正直に答えた。「デートは最高だったわ。だけど、彼とはこれきりになると思う」

「どういう意味？　わけがわからないんだけど」

「まあ、そういう結果に終わったということよ」

「話したいことがあれば、聞くけど？」

「ありがとう。でももういいの」ローガンのことは忘れよう。エレナはすでにそう決心していた。

「何かあれば言ってね」姉が促した。「気が変わったらいつでも相談に乗るから」

「わかってる。頼りにしているわ」

「彼には期待したんだけどね」姉が何かを飲む音が受話器の向こうから聞こえた。先日、二人目を妊娠したのがわかってから毎朝飲んでいる、ホットレモネードだろうとエレナは思った。

「期待がはずれることだって、たまにはあるわよ。ところで、最近体調はどうなの？」

　話題を変えても姉は少しも難色を示さなかった。

「これといって問題なし。でも、つわりはルーカスのときより重いかも」

　体を大事にしてねと伝えて電話を切ったエレナは、自分を少しほめたくなった。確かにローガンとの一件ではそうとう落ち込んだ。ついに特別な感情を抱ける男性と出会えたと思ったのに、結局はローガンとは求めるものが違うという現実を受け入れるしかなかった。

　それでも彼女は姉に泣き言一つ、もらさなかった。ローガンに未練があるそぶりも見せなかった。

　大騒ぎするような話ではない。ただ彼とデートをしただけ。すてきな体験だった。たぶん人生で最高のデートだったはずだ。

　少なくとも破局を迎えるまでは。

　そのあとエレナは勤務先の中学校へ向かい、受け持ちの授業と生徒たちに意識を集中させた。大きな問題もなく一日が過ぎていく。ただどういうわけか、世界が灰色にくすみ、輝きを失ったみたいに見えた。

　金曜日に初めてローガンと会ったときからずっと胸に抱いていた希望も期待も消え去っていた。

　別にかまわない。あと一週間もしたら、自分でもこう思うはずだ。〝ローガン？　それって誰だったかしら？〟

わたしは人生を無駄に過ごしているわけではない。今回はただ、相手に恵まれなかっただけ。そもそも恋人なんて必要なのかしら？ 今のままでも充分に満ち足りた人生を送っているのに。

放課後は同じ社会科担当の教員や若手の歴史学者、生徒などが集まる課外活動のプログラムに参加し、そのあとジムへ行った。そこで小児科医だという男性に声をかけられ、リバーウオークのレストランでディナーをともにした。

楽しかった。

楽しかったが、それだけだった。別れ際に、また今度ディナーを一緒にどうかと誘われた。エレナはうなずき、ほほえんだが何も言わなかった。

帰宅した彼女は、自分が新しい出会いに前向きになれたことを祝いたい気分だった。そのあと明日の授業計画を立て、テストの採点を行い、早めにベッドに入った。

人生は楽しいわ。エレナは心の中でつぶやいた。毎日が充実している。不満はいっさいない。

ローガン・マードックがいなくても、最高に満足できる人生を送るのに何一つ不都合はない。

水曜日、空は灰色だった。一面厚い雲に覆われ、ほぼ確実に雨が降りそうな空模様だ。

二時間目の授業中に、学生ボランティアの一人が教室に入ってきて、校長からのメモをエレナに渡した。至急校長室へ来てほしいと書いてあった。

エレナは背中に冷たいものが走るのを感じ、ぞくりと身震いした。校長が授業中に教員を呼び出したことは今まで一度もなかった。ただし緊急を要する問題が発生したときは別だ。

保護者からのクレームか、あるいは家族の身に何かが起きたのか……。

なんにしても、いい知らせだとは思えない。

エレナはクラスの優等生の一人に授業を引き継ぎ、足早に校長室へ向かった。

校長室に入ったエレナは、極めて深刻な事態が起きたことをすぐに察した。

そして事実、そのとおりだった。

「エレナ」校長のロレッタがいたわりを込めた声で言った。ほほえみを顔に浮かべていたが、目には暗い影が落ちていた。「どうぞ、そちらに座って」

椅子を勧めたということは、これから話す内容に相手がショックを受けて膝から崩れ落ちるのを予想したということだ。

エレナはゆっくりと椅子に腰をおろした。

彼女が座ったのを確認して、校長はふたたび口を開いた。「つい先ほど、ミスター・マードックから学校へ電話があり、わたしが話をうかがいました」

ローガンから？　彼に何かあったのだろうか？　あるいは彼の妹か、二人の弟に何かが起きたのか？　だとしても、なぜエレナの勤務先へ連絡を？　どう考えてもおかしい。

彼女の家族に絡んだ話に違いない。エレナは恐怖で胸が締めつけられた。

ロレッタは話を続けた。「ミスター・マードックは、お父さんが心臓発作を起こしたことをあなたに伝えてほしいと言っておられました」

「父が心臓発作を？」エレナは驚いて聞き返した。

やがて彼女の頭に疑問が浮かんだ。パパかしら？　それともデイビス・ブラボーのほう？

「ええ、〈カブレラ建設〉の事務所で。お父さんの会社ですね？」パパだわ。ああ、なんてことなの！　エレナは心の中で叫んだ。

「父は今、どこに？」

「シスターズ・オブ・マーシー病院に、搬送されたそうですよ」

6

シスターズ・オブ・マーシー病院に到着すると、エレナは三階の心臓外科へ案内された。待合スペースにはほかの家族も何組かいて、それぞれがまとまって座り、雑誌を読んだり、やつれた顔で心配そうにひそひそと話したりしていた。

母のルースはすでに来ていた。仕事着の白いシャツに細身のスカート姿で、足元はハイヒールだった。首につけた真珠の三連ネックレスは、八年前に結婚二十五周年の記念に父から贈られたものだ。

ローガンが母の隣に座っていた。彼のすぐ横にも若い男性がいた。ローガンの弟、コーマックだろう。兄とよく似たグリーンの目をしている。

エレナが来たのを見て、ローガンとコーマックは立ちあがった。

母もさっと席を立ち、腕を大きく広げた。「ああ、エレナ……」

彼女は母に駆け寄って抱きしめた。「ママ……」

エレナは泣きたかった。泣いてしまえば気持ちが多少は落ち着くはずだと思った。それなのに、なぜか涙は出てこなかった。

母はエレナの肩に手を置き、体を引いた。「マーシーとルークも、今こちらへ向かっているそうよ」

目に涙が浮かび、母はまばたきで涙を追い払おうとした。それでも一粒だけこぼれて頬を伝い落ちた。

エレナは手を伸ばして親指で母の涙を拭った。

「パパの容体は……どうなの？」

母の唇は小刻みに震えていた。「わからないわ。まだ手術室から出てこなくて」

「きっと大丈夫よね？　そうでしょう？」

母がエレナの頬にふれた。「ええ、もちろんよ」そうきっぱりと言いきったが、母の目には不安が色濃く表れていた。

エレナはもう一度母に強く抱きついた。「わたし、とても怖い……」

母はエレナの背中をさすりながらささやいた。「そうよね、本当に怖くてたまらない。だけど大丈夫。わたしたちは強いもの」

エレナは体を引き、背筋を伸ばした。母は正しい。心を強く持たなければ。今ここで動揺しても、父はおろか誰のためにもならないのだから。「そうね」彼女は力強く言った。「弱気になってはだめだわ」

エレナはローガンとコーマックに顔を向けた。二人はまだ並んでその場に立っていた。「こんにちは、ローガン」彼はエレナに会釈をした。「それから、あなたがコーマックね？」

ローガンの弟はエレナの手を取った。「こんな形でお目にかかることになり、残念です」

「わたしもよ。それで、あなたたちはその場にいたの？　つまり……父に異変が起きたときに」

「ええ、お父さんのオフィスにいました」コーマックが答えた。

「とりあえず座ってから、話をうかがいましょう」母はエレナをなだめるように背中に手を添えた。

四人は横に並んで座った。母が手探りで娘の手を取り、ぎゅっと握った。エレナは少し心強くなった。同じ列の端にいた見知らぬ女性が、ぽつりとつぶやくのが聞こえた。「もう何時間にもなるわ」

「あと少しだよ」隣の男性がささやいた。「きっとじきに何かしら連絡が来るはずだ」

エレナはローガンへ顔を向けた。「それで……」喉が締めつけられ、ごくりとつばをのみ込まないと次の一言が口から出てこなかった。「何があったの？」

ローガンが彼女の目を真《ま》っ直《す》ぐに見た。その目に気遣いが見えた。そして深い同情も。考えれば当然の話だ。ローガンも過去に両親を失ったことがあるのだから。

彼はこの状況がどれほど恐ろしいものかを知っている。わかりすぎるほどわかっているはずだとエレナは思った。「ぼくと弟は二人でお父さんのオフィスを訪れ、会社の財務状況の説明を受けた」

「そこで何か父を動揺させることが？」

ローガンは首を振った。「お父さんは声をあげて笑っていたよ」

「笑っていた？」エレナは目をしばたたいた。

「そう。コーマックが言った冗談を聞いて。どんなジョークだったかは忘れたが、笑っていたお父さんが急に左胸を押さえて立ちあがった。デスクの椅子が後ろへ跳ね飛ばされて壁にぶつかるほど勢いよく。そして胸が痛いと訴えた次の瞬間、お父さんの体がぐらりと傾いた」

「兄さんがすかさず体を支えなかったら、そのまま床に倒れるところだった」コーマックがつぶやいた。

ローガンは話を再開した。「抱えたまま半ば引きずる感じで長椅子へ連れていき、仰向けに寝かせた。そのあいだにコーマックが九一一番へ通報した。お父さんはぼくのシャツをつかみ、苦しそうにあえぎながらかろうじて〝妻へ電話を〟とぼくに頼んだ。それからきみと、お姉さんにも連絡してほしいと。そのあと気を失ったお父さんに心臓マッサージを施した。ほんの数分だけだ。すぐに救急医療隊員が来てくれたから」

「それならよかった」感情が先走り、エレナはつい大きな声を出した。

ローガンがうなずいた。その視線はずっと彼女に注がれていた。父はきっと大丈夫だと信じてほしい、そう願っているのだろう。この恐ろしい出来事が、かつて自分が経験したものとは異なる結末を――彼女にとって希望が持てる結末を迎えてほしい、と。

そのとき母がエレナの手を放して立ちあがった。

「マーシー……」

母の視線の先に、こちらへ向かってくる姉のマーシーと夫のルーク・ブラボーの姿が見えた。エレナも席を立って、母が姉と抱き合うあいだにルークとハグした。それからあらためて姉とも抱き合った。こんな状況で一人ずつ抱き合うことに時間を費やすのは、なんだかばかげている気がした。

同時に、この行為がどうしても必要だとも感じた。

四人は腰をおろした。ローガンは弟をマーシーとルークに紹介し、父のオフィスで起きたことをもう一度最初から二人に話して聞かせた。

母にルーカス坊やはどうしたのかと訊《き》かれた姉は、義母のアレタに預けてきた、と答えた。

そして長い待ち時間がまたもや始まった。たまにどこかで携帯電話が鳴り、誰かが声を潜めて応えるのが聞こえた。

「ええ、まだ手術が続いていて……」

「いや、まだだ」

「何かわかったら、すぐに連絡するから……」

やがて昼になり、交替で地下のカフェテリアで食事をとることになった。しかし母は待合スペースを離れたくないと言って拒んだ。それを聞いて誰もがその場に残りたくなった。席をはずした隙に重大なことが起きるかもしれないのだから。もしかしたら担当医が出てきて、彼らが待ち望んでいた知らせをもたらすかもしれない。患者はもう大丈夫だと請け合ってくれるかもしれない。

あるいは、その逆になる可能性もある。

しばらくしてローガンとコーマックが席を立ってカフェテリアへ向かい、十分で戻ってきた。サンドイッチと果物とポテトチップスの袋をいくつも、全員に充分行き渡るくらいの数を持っていた。兄弟はそれをエレナたちに回した。

「召しあがってください」手を振ってサンドイッチを断った母にローガンが言った。「ほんの一口か二口でもいい。何か食べなくては体が保《も》ちません」

根負けした母はサンドイッチを受け取った。彼は続いてエレナにも同じものを差し出した。

「ありがとう」彼女はつぶやいた。言ってすぐに、それだけでは言葉が足りない気がして、さらにつけ加えた。「本当にありがとう」

ローガンがうなずくのを見て、エレナは思った。わたしが何を言いたかったのかを、彼が察してくれますように。いろいろと気遣ってくれてありがとう。パパの命を助けてくれてありがとう。今ここにいてくれて本当にありがとう。

皆は黙々と口を動かした。たいして量は食べられなかったが、少なくとも食べるふりはした。

食事を終え、さらに待った。

しばらくして女性のドクターが姿を現した。父の担当医ではないと母が言った。ドクターは待合スペースにいたほかのグループの前へ行って膝をつき、何かを伝えた。患者の家族らしき女性が息をのみ、わっと泣き崩れた。

そばにいた男性が女性を抱きしめた。

やがてその人たちは席を立ち、ドクターのあとについて出ていった。

壁の時計が午後四時二十六分をさしたとき、ついに先ほどとは別のドクターが現れた。母が立ちあがり、残った五人もあとに続いた。ドクターは彼らのほうへ真っ直ぐに向かってきた。背が高く淡い色の髪の男性で、グリーンの手術着《スクラブ》を身につけて片方の耳からマスクを下げている。

そして彼らの前まで来ると、母に話しかけた。

「ミセス・カブレラ、ご主人の手術ですが……」彼の話は続いていたが、エレナは心臓が激しく打つ音のせいでひどい耳鳴りがして、ドクターが早口で奇妙な言葉をまくし立てているように聞こえた。

それでも、父が心臓のバイパス手術を乗り越えて、このあとすぐに集中治療室へ移ることだけは彼女も理解できた。麻酔で朦朧《もうろう》としてはいるが意識はあり、妻に会いたいと言ったそうだ。

エレナと姉は母に近づき、左右から母の腕を取り、しっかり支えた。あるいは三人で互いに支え合っているのかもしれないとエレナは思った。

母が何かをつぶやいた。エレナには万感の思いが込められた感謝の祈りに聞こえた。母はドクターに尋ねた。「娘たちも連れていってよろしいですか？父親の顔を見れば、安心できるでしょうから」

「もちろん」彼が答えた。「どうぞこちらへ」

母と二人の娘は互いの腕をしっかりつかんだまま、ドクターについていった。待合スペースに残った男性三人は、早くも携帯電話を取り出していた。

長い廊下をどこまでも歩き、スチール製の大きなドアを何度か通った先に、たくさんの医療機器が置かれた小部屋があり、看護師が何人も勤務していた。手術を終えた直後の患者が移される部屋なのだろうか。天井から吊《つ》るされた四枚のカーテンで仕切られ、そのうち二枚は端へ寄せられていて、そこには医療機器以外に何もなかった。いちばん奥のカーテンだけが完全に閉じられ、中は見えなかった。

閉じられたカーテンの向こうに車輪つきのストレッチャーが置かれているらしいと、エレナは察した。カーテンの下から車輪のついた脚が見えたからだ。患者らしき人のうめき声が聞こえた。周囲にドクターや看護師もいて、ナースシューズやスクラブパンツの裾の折り返しがカーテンの下にのぞいている。

普通の仕事着姿の自分たちがこの部屋に入っても大丈夫なのか、エレナは不安になった。

だがさっきのドクターが彼女たちを中へ招き入れたので、きっと問題ないのだろう。

残った一枚のカーテンは半分だけ閉じられていた。そこにあった医療機器のコードはすべて、ストレッチャーの上の男性につながれていた。白髪交じりの頭が枕の上にのっている。さらにもう一歩進むと、父の青白いやつれた顔が見えた。ストレッチャーに乗せられた父はとても小さく、痩せ衰えていた。

やがて薄目を開けた父が母を見つけ、目を見開いた。血の気を失った父の顔が、内側からぱっと輝いたように見えた。人工呼吸器の管をつけたままで何かを言いかけたが、しゃがれた声が出ただけだった。言いそびれた言葉がどんなものだったにせよ、父にとって愛《いと》おしく懐かしい言葉なのは間違いなかった。父の手がわずかに動いた。手の甲や指にコードが何本もつけられているのに、父は必死に指を伸ばした。

そのときエレナは気がついた。瞬時に確信した。父はきっと回復する。父と母は夫婦としてもう一度やり直す道を選ぶ。絶対に無理だと思われたことが実現する可能性は必ずある。たとえどれほど重大な裏切りがあったとしても。

そこに愛が満たされてさえいれば。

心からの謝罪と許しがあれば。

愛と苦悩と、そして希望を込めた声で母が言った。

「あなた……」母は父に駆け寄った。

母が父の手に自分の手を重ね、そっと顔を寄せて父にしか聞こえないほど小さな声で何かをささやき、おずおずとキスをしたのを見て、後ろにいたエレナと姉は抱き合った。

母の言葉に父がうなずき、彼の目尻から涙が一筋、流れ落ちた。父はまた何か言った。スペイン語だ。
〝どんなときも《シエンプレ》〟。エレナにはそう聞こえた。

あるいは別の言葉だったかもしれない。

エレナの目から涙があふれ出し、頬を伝い落ちた。

隣に目をやると、姉も泣いていた。姉と妹は同時に手の甲で涙を拭った。

父はうつらうつらして、まぶたを閉じはじめた。娘たちもここにいるとわかったのか、エレナは父が彼女と姉にほほえみかけた気がした。

別のカーテンの奥でモニター装置の警告音が鳴り、誰かが叫んだ。

エレナたちを連れてきたドクターはすぐさま出ていった。看護師がエレナの腕に手を置いて言った。

「どうぞこちらへ。ミセス・カブレラとそちらの娘さんもご一緒に。先ほどの待合スペースまでご案内しますね。ミスター・カブレラはもうしばらく集中治療室で安静に過ごしていただきます。あとであらためて面会できますよ」

ローガンはエレナたち三人が、ここを出たときと同じく互いに寄り添って戻ってくるのを見た。母親の顔は輝いていた。エレナと姉が目を赤くしてティッシュを握りしめ、頬を拭っていた。母親の表情を見る限り、どうやら事態は明るい方向へ進んでいるようだ。

隣に座っていたルークもすでに立ちあがっていた。マーシーが夫に駆け寄り、ルークは妻を抱きしめた。彼女は夫にしがみつき、彼は妻の黒髪に唇を寄せた。やがてマーシーが顔を上げ、ルークは愛おしそうにキスをした。

「父はもう大丈夫よ。わたしにはわかっていたわ」マーシーがささやいた。

「よかった」ルークはキスを繰り返した。「本当によかった」

ローガンは彼らを見ながら思った。こんなふうに愛する女性と固い絆《きずな》で結ばれた夫婦になれるなら、結婚で家庭に縛られるのも悪くない。

だが必ずそうなる保証などどこにもない。男には多少の自由が必要だ。人生のうちの数年くらいは、自分のためだけに時間を使うべきだ。

ふと視線をそらした先に――エレナがいた。母の腕をぎゅっと握り、姉たちが話し終わるのを待っていた。泣きはらした目は真っ赤に充血し、鼻も赤くなっている。それでもなお、彼女はあまりに美しい。見ているだけで心の平穏を乱されてしまうほどに。

「いい知らせかい？」ローガンはエレナに尋ねた。

彼女は洟《はな》をすすりあげると、涙の残りを拭った。

「父は開胸手術を受けたらしいわ。でも心配はなさそうよ」そう言って静かに息をつき、言葉を続けた。「問題なく回復できるんじゃないかしら」

「ええ、きっと大丈夫です」ルースも力強く言った。「わたしが請け合いますよ。退院したら生活態度もきちんと改めてもらいます。今までみたいな無理はわたしが絶対にさせませんから、ご安心ください」

患者の妻にこんな決意に満ちた目で宣言されたら、死神もそうそう手出しできないだろうとローガンは思った。

部外者はそろそろ失礼したほうがよさそうだ。

彼は後ろにいた弟をちらりと見た。

弟は眉をきゅっと上げた。「もういいのかい？」

「ああ。だいたいな」ローガンはふたたびエレナへ顔を向けた。「少し話したいんだが」

絹糸を思わせる濃いまつげがいったん伏せられた。やがて彼女は顔を上げ、真っ直ぐにローガンを見つめた。目に警戒の色が浮かんでいる。断られるかと思ったが、彼女は無理やり笑顔をつくった。

「いいわよ」エレナは母の腕を放した。

ローガンは待合スペースから出て、エレベーターとは反対のほうへ彼女を連れていった。

角を曲がって、人目を避けられる場所まで来た。通りを見下ろせる大きな窓があり、彼は窓際に歩み寄った。外は小雨が降り、空には黒い雲が低く垂れ込めている。

　エレナは彼と向き合い、窓の桟に手を置いた。

「あらためてお礼を言わせて。父が倒れたときに、あなたとコーマックがいてくれて本当によかった。父が命を落とさずにすんだのは、あなたたち兄弟のおかげよ。何度お礼を言っても足りないわ」

「正直な話、たいしたことはしていない。あの場に居合わせた人なら誰でも――」

「いいえ」彼女はうつむいて首を振った。つややかな髪が前へ流れた。「ほかの人だったらどうだったのかはわからないけど」そう言って豊かな巻き毛を耳の後ろにかけ、ローガンを見上げた。「あなたが何をしてくれたのかはわかっているわ。父を助けてくれて、本当にありがとう」

　手を伸ばしてエレナを抱き寄せたい、顎を持ちあげてキスをしたい、時間をかけてゆっくりと唇を味わいたいとローガンは思ったが、もちろん実行するわけにはいかなかった。「どうってことはないさ。気にしないでくれ」

「わたしにできることがあれば、いつでも遠慮なく連絡して。すぐに駆けつけるから」それが嘘《うそ》偽りのない彼女の本音だと、琥珀色《こはくいろ》の瞳が告げていた。

　ありがたい申し出だが、と彼はひそかに苦笑した。今ここでキスするわけにもいかないし、これからもその機会はなさそうだ。

「わかった。覚えておくよ」ローガンはポケットに手を突っ込み、くすくす笑った。

「何がおかしいの？」

「先を越されたと思って。ぼくも同じことをきみに言いたくて、ここまで連れてきた。何かできることがあったら――どんなことでもいいから、連絡してくれとね」

　エレナはほほえんだ。見覚えのあるかわいらしいえくぼが口元に浮かんだのを彼は見逃さなかった。

「ええ。そのときはすぐに連絡させてもらうわ」

ローガンは胸ポケットから名刺を取り出し、彼女に渡した。「携帯電話の番号と、フォートワースのオフィスの連絡先が書いてある。今は〈ヒルトン・パラシオ・デル・リオ〉に滞在中だ」

「ああ、リバーウオーク沿いの。そういえば、そんなことを前に言っていたわね」

「いつまで滞在するかは、お父さんの回復状況や、契約をまとめるのにどれくらい日数が必要かにより、変わってくる」

「ということは、譲渡が決まったの？」

「そう言ってもいいだろうね」

「よかった。それが父の望みだったし……」エレナは口ごもり、そのまま言葉をのみ込んだ。

窓の外で稲妻が雲を貫き、雷が鳴った。小さな雨粒が大きな窓ガラスを絶え間なく伝う。彼女の甘い香りがかすかに漂った。実現できなかった過去へと誘《いざな》う残響のようだとローガンは思った。

これ以上何も言うことはない。「じゃあ、体に気をつけて」

彼女は健気《けなげ》にほほえんだ。「あなたもね」

二人は待合スペースへ戻り、ローガンとコーマックはルースたちに挨拶してエレベーターに向かった。

エレナは去っていくローガンの背中をじっと見つめていた。追いかけたくてたまらなかった。本当は今すぐに頼みたいことがあった。〝わたしのそばにいてほしい〟と彼に訴えたかった。

兄弟の姿が見えなくなると、姉が肩越しに振り返って言った。「さっき、何を話していたの？」

エレナはほほえんだ。「これから大変だろうけど、頑張れよって言われただけ」

「すてきな方ね」母の言葉に、姉もうなずいた。

「ええ、とても」エレナは遠くを見るような目でエレベーターのほうをぼんやりと眺めた。ローガンが去った今、彼のいない寂しさをあらためて身に染みて感じた。

シスターズ・オブ・マーシー病院の集中治療室は家族のつき添いを認めていた。エレナの母は一日中夫のそばから離れず、かいがいしく世話をした。治療に関して家族の判断が必要なときも、すぐにその場で対応した。

夜は院内に用意されたつき添いの家族用の仮眠室で休んだそうだ。つまり母は二十四時間ずっと病院にいたことになる。

エレナは職場へ連絡し、今週いっぱい家族休暇を取ると伝えた。次の週は〝五月五日《シンコ・デ・マヨ》〟の祝日があり、学校も一週間休みなので、それまでは家族と一緒に過ごせる。好きなだけ父のそばにいても、まったく問題ないということだ。

父の回復は比較的速く、二十四時間で集中治療室を出た。新しい部屋では母も終日一緒にいられた。

回復がこれほど速かったのは、父が幸せを感じていたからかもしれない。両親は新婚夫婦さながらに手を取り合って、仲睦《なかむつ》まじくささやき合っていた。エレナには母が急に十歳も若返ったみたいに見えた。

金曜日、父の秘書や取引先の知人が見舞いに来た。午後にはエレナの半分血のつながった姉、アビリーン・ブラボー・マクレーが病室を訪れた。

アビリーンは建築家で、以前に〈カブレラ建設〉から仕事をもらっていた関係で父とも仲がよかった。

先日結婚した夫のドノヴァンも一緒に来た。彼も建築業界ではその名を知られた人物だが、事故で脚に深刻なダメージを受けて車椅子で病室を訪れた。

何はともあれ、両親が幸せそうでエレナは心の底からうれしかった。本当によかったと思った。

その一方で、はたして自分には運命の相手と巡り合うチャンスが本当に訪れるのかと不安になった。

ローガンの顔が頭に浮かんだ。この人ならばと思ったのに、彼女の不用意な一言のせいでチャンスを逃してしまった。いずれにしても、今は彼にとって結婚を前提にした交際を考えるタイミングではなかったのかもしれない。

彼が気ままな独身貴族の生活に飽きるまで、あと何年かかるのかしら？

ローガンが自分と同じ考えならよかったのにと、内心腹を立てたが、それがどう考えても理不尽な怒りだということもわかっていた。

そもそも人生とは理不尽なものだ。

人生は過酷で——そしてあまりにも短い。

人の命がどれほどはかないものか、今のエレナは嫌というほど知っていた。父は危うく死ぬところだった。マードック兄弟のすばやい対応がなければ、おそらく命はなかった。そうなっていたら父は母の顔を二度と見られなかったし、母とやり直すチャンスを得て本当の意味で夫婦となり、昔のように仲睦まじい関係に戻ることもできなかった。

人生とは過酷で短いだけではなく、予想不可能なものだ。ほしいものを得るチャンスを見つけたら、即座につかまないといけない。次の機会が訪れるかどうかは誰にもわからないのだから。

その日の夜、帰宅したエレナは自宅の固定電話にたまった留守番電話のメッセージを聞いた。知人や同僚からの伝言が次々に再生された。

その中にケイレブからのメッセージもあったので、とりあえず電話をかけた。

「もしもし、ケイレブ？」

「やあ、その後お父さんはどんな感じだい？」

「おかげさまで順調に回復中よ。月曜日には退院できるかもしれない」

「ずいぶん早くないか？」

「集中治療室を出たら平均して三日から五日で退院するらしいの。早いことは早いけど異例の早さってほどじゃないみたい」

「へえ、驚きだな」

「そうね」

「イリーナが仔羊《ラム》のクラウンローストを焼いている。絶品だよ。今から来られるかい？」

文句がつけられないほどお似合いで、相思相愛のカップルとのディナーへお誘いいただいたわけね。ありがたくて涙が出そう。彼女は心の中で苦笑した。

「せっかくだけど、また今度にさせて」

「本気か？」

「ええ。今夜は足を高くしてソファで休むつもり。テレビでも観《み》てのんびり過ごすわ」

「もったいないなあ。まあいいさ。たまには一人で息抜きしたいってことだろう？」

「そういうこと。よくわかっているじゃない」それに幸せいっぱいのカップルとは少し距離を置きたい気分なの、悪いけど。エレナは心の中でつぶやいた。

何かあったらいつでも連絡してくれと兄が言い、必ずそうすると答えて電話を切った。

そのあと留守電にメッセージが入っていたほかの人たちにも順番に電話をかけた。ただ一人、デイビス・ブラボーを除いて。

彼からの電話はこれが初めてではなかった。ここ数年は自宅の電話にだいたい二カ月に一度か二度のペースで留守電メッセージが入っていた。気がつくたびに反射的に消去ボタンを押す作業が、半ば習慣になった。

ところが今日に限って、エレナは再生ボタンを押して彼のメッセージに耳を傾けた。

〝やあ、エレナ〟いつものことながら威圧的な声だ。でも少しだけ神経質になっているみたいだと彼女は思った。〝おまえのことをずっと気にかけていると伝えたくて電話をした。ハビエルは一命を取りとめたそうだな。わたしもそれを聞いてうれしかったよ。何しろ彼は……いや、とりあえず彼が無事で何よりだった。ところで先日の話だが……まあいい。わたしからは以上だ。体に気をつけるんだぞ。何か困ったことがあったら、あるいはわたしにできることがあれば、遠慮なく電話してくれ〟連絡先をいくつか早口で告げ、最後に言った。〝じゃあな〟

　メッセージが終わり、ツーツーと音がした。

　エレナはリセットボタンを押して留守電モードを解除すると、キッチンの椅子に座ってじっと考えた。デイビスの声は真剣そのものだった。彼女が助けを必要とするなら手を貸したいと、本気で思っているようだ。実の娘のことをもっと知りたいと、心の底から切望しているのでは。

　そうだ。人生はとても短い。

　エレナは受話器を取り、デイビスがメッセージの中で最初に言った番号へかけた。

　彼は二度目のコールで出た。「デイビス・ブラボーだ」

「どうも、あの……エレナです」

　とてつもなく長く深い沈黙のあと、鋭く息をのむ音が聞こえた。「エレナか？」驚いたらしかった。同時にうれしくてたまらない様子も伝わってきた。

　エレナは我知らずほほえんで、受話器をぎゅっと握りしめた。「メッセージを聞きました。お気遣いありがとうございます」

「いやなに、その……そうか、聞いてくれたのか。おまえのことが気になってな。元気にやっているといいがと思って」

「ええ、おかげさまで」

「ハビエルは？」いくぶん気をもんでいるのが声に出ていた。「その後どんな感じかね？」

「順調に回復しています。周囲が驚くほどに」

「ほう、それはよかった。実にけっこう。わたしもうれしいよ」

「あの、それで、電話をした理由なんですが……」

どう言えばいい？　何から話そう？

「うんうん、なんだね？」

「先日のお話ですけど……その、ランチでもご一緒しませんか？　よろしければですが」

一瞬の沈黙を挟んで、即座に声が飛んできた。

「もちろん。もちろんだとも。喜んで」

「明日でいかがでしょう？」

「明日？　ああいいぞ。申し分ない。何時に？」

「十二時では？」

「十二時だな、よし」

エレナはレストランの名前を告げた。「この店、ご存じですか？」どこの通りかも教えた。

「大丈夫だ。行けばわかるだろう」

「よかった。店へ電話して席を取っておきます」

「わかった。じゃあ、それで」

「では……明日、また」

「ああ、そうだな。楽しみにしているよ、エレナ」

「こちらこそ」

電話が切れ、エレナは受話器を静かに戻した。なんとも言えない喜びが胸に広がるのを感じた。自分が正しい方向へ大きく一歩を踏み出したのだと確信したときと同じような幸福感が彼女を包んだ。

ああ、やっぱり人生って短すぎる。大切なことをやり残したら、あとで思いきり後悔しそう。

電話の上のコルクボードをふと見たとき、そこにピンでとめてあった名刺に目が吸い寄せられた。ローガンの名刺だった。コルクボードからはずし、手に持ったまま寝室へ向かい、ナイトテーブルの引き出しを開けた。いちばん奥に避妊具の箱がしまわれていた。アントニオとつき合いはじめた頃に買ったものだ。当時はピルをまだ使っていなかった。

その後ピルをのみはじめ、すでに何週間も経《た》った。ドクターには服用開始から七日間は別の避妊法も併用してくださいと言われたが、それよりもはるかに長くのみつづけている。

それが今は途切れてしまった。正確には一日だけピルをのみそこねた。父が心臓発作を起こした翌日、つまり昨日だが、服用するのをうっかり忘れた。

今朝それに気がついたが、別にかまわないと思い、一回分を飛ばして今日の分だけのんだ。

そのときはどうでもいいと思っていた。

今になって考えると、まずかったかもしれない。とはいえ、いざとなればここに避妊具もある。たった一日ピルをのみそこねただけなら、リスクも最小限にとどめられるはずだ。

エレナはゆっくりと寝室の子機に手を伸ばした。

7

電話を受けてから二十分後、ローガンはエレナの自宅の玄関前に立ってドアベルを鳴らした。

すぐさま扉が開いた。ひょっとしてエレナは扉の反対側で彼の到着を待ち構えていたのではないかと、彼はいぶかしんだ。「こんばんは、ローガン。あの……来てくれてありがとう」

ローガンは何も言葉を思いつかず、ただ彼女の名前を呼んだ。「エレナ」

二人は戸口に立ったまま見つめ合った。ほんの数秒だったはずなのに、永遠みたいに感じられた。

会うたびに彼女が美しくなるのは、どういうわけだろう。ローガンは不思議だった。今夜のエレナは、襟ぐりが大きく開いたノースリーブのチュニックに、女性らしい丸みを帯びた腰と長い脚をぴったり包むジーンズを合わせていた。コーヒーブラウンの髪が豊かに波打ち、華奢《きゃしゃ》な肩を覆っている。

女性をこんなに美しく見せるなんて、神様はえこひいきをしているのではないか？

やがてエレナは一歩下がり、彼を中へ招き入れた。ローガンは彼女のあとについていき、二人分の食器が用意されたダイニングテーブルの横を通ってキッチンへ入った。

なんともおいしそうな香りが鼻をくすぐった。

彼の胃が鳴った。エレナから電話をもらったとき、ちょうどルームサービスを頼もうとしていたのだ。

「ビールでいい？」ローガンがうなずくと、彼女は冷蔵庫から出した缶ビールを開けて彼に手渡した。

「よければ、そこに座ってて」そう言ってキッチンカウンターのスツールを身ぶりで示した。

ローガンは腰をおろし、ビールを一口飲んだ。

「それで……何があったんだい？」

彼女はコンロの前に立ち、鍋の中身をかき混ぜている。何かのソースなのか、とてもいい香りだ。

「お腹《なか》はすいている？」エレナが尋ねた。

「飢え死にしそうだよ。だけどさっきの電話では、ぼくに頼みたいことがあると言っていたね？」

鍋の蓋を戻すエレナの手が滑り、がちゃんと音がした。彼女は木のスプーンを慎重な手つきでコンロの横のスプーン置きへ戻した。顔色が悪い。どこか打ちひしがれた表情をしている。

彼は立ちあがった。「何があったんだ？」

エレナは両手で空《くう》をたたくようなしぐさをした。

「ごめんなさい。驚かせるつもりはなかったの」

「そう言われても、実際ぼくは気が気じゃないんだ。何かできることがあれば教えてくれ。きみが――」

「ローガン」

「うん？」

「すぐには……話せないのよ」

「えっ？」

彼女は美しい髪を後ろへかきあげた。「あの……まずは残りのビールを飲んで、食事にしない？」

ローガンはどさりと腰をおろし、心の中でつぶやいた。まあいい。どれほど恐ろしい話なのかは知らないが、打ち明けるには時間が必要だということだ。彼は缶ビールを取ってごくごくといっきに飲みほし、キッチンカウンターに置いた。「そうするか」

二人は夕食をとった。作り置きを温めただけだと彼女は言ったが、料理の出来は最高だった。

食後は居間へ移動し、ソファに並んで座った。

「ビールをもう一本どう？」エレナが言った。

ローガンは首を振った。「話とはお父さんのことかい？　何か問題が起きたのか？」

「いいえ、父は元気よ。日増しに回復しているわ」

エレナは赤いフラットシューズを脱いで裸足《はだし》になり、小さなかわいい足をソファにのせ、横座りをした。靴と同じ色の赤いペディキュアが爪に塗ってある。鮮やかな赤。とてもセクシーだ。「それでね……」

彼女は長いため息をついた。「どこから話せばいいのか、本当にわからないのだけど」

ローガンはエレナの気持ちを楽にしてやりたいと思う一方で、彼女の服をはぎ取り、抱えあげて手近なベッドへ連れていきたい衝動に駆られていた。やはり彼にとってエレナは危険な存在だ。彼女と一緒にいると、家庭に縛られずに自由に生きたいという信念が揺らぐ。

エレナの望みを聞き出して、早々にここから立ち去らなければ。「いいから話してごらん」

「人生って、短いわよね」

「そうだな。それで？」

「わたしの周囲はすてきなパートナーを見つけて幸

せなカップルになった女性ばかりよ。みんな相手に夢中になり、一緒にいるのが楽しくてたまらないと言っているわ。姉のマーシーには夫のルークがいる。それに元気な息子と、もうすぐ生まれる赤ちゃんも。ルークの妹、ゾーイも——半分だけ血のつながった姉だけど——幸せな結婚をして出産を間近に控えている」ローガンは先日、ブラボー家の復活祭《イースター》の食事会でゾーイとその夫に紹介されたことを思い出した。エレナの話は続いた。「ゾーイは夫に首ったけで、すぐ上の姉のアビリーンも愛する男性と結ばれたわ。二人の母親のアレタも夫のデイビスと仲睦《なかむつ》まじく暮らしている。わたしの両親だってそう。関係を修復して、昔よりもさらに強い絆《きずな》で結ばれた。その話は誰かに聞いた？」

「別に意外だとは思わないな。きみの両親が今でも深く愛し合っていたのは傍目《はため》にも明らかだったよ」

彼女はいったい何が言いたいのだろう？ このまま続けると、そのうちにとんでもない方向へ話が進みそうな予感がする。ローガンは不安になった。

だがどうやってエレナを止める？ 今もこうして堰《せき》を切ったように話しつづけているのに。「人生は短すぎるのよ」エレナは重ねて言った。「とにかく、あまりに短いわ」彼女は大きく頭を振った。つややかな髪が照明を受けて輝く。今すぐにあの髪に顔を埋《うず》めたいとローガンは思った。「なのにわたしは相手に恵まれなくて、いまだにバージンのまま。ほかの女性と同じ喜びを経験したい。興奮と情熱に満ちたスリリングな体験を味わってみたくてたまらない。わかるでしょう？」

ローガンは呆然《ぼうぜん》とエレナを見つめた。やっと彼女の意図を理解できた気がした。これは彼が踏み込んではいけない領域だ。「エレナ、以前も言ったはずだ。きみにはもっと——」

「姉たちみたいにすべてを手に入れたいと思ってい

るわけじゃない。せめて体験したいだけ。男性に抱かれるってどんな感じなのか知りたいのよ。そして初めての体験を捧《ささ》げる相手は、この人ならと思える男性にしたいの」エレナはつぶらな目で彼をじっと見つめた。「それはあなたしかいない」

「エレナ……」

彼女が唇を舌で湿らせるのをローガンは見た。

一瞬で下腹部が熱を帯びた。まずい。早くここを出るべきだと理性が告げている。ところがどういうわけか彼は動こうとしなかった。エレナの琥珀色《こはくいろ》の目から視線をそらせなかった。彼女はすべてを備えている。高潔さ、誠実さ、美しさ、そして知性も。

そうだ。たとえどんな代償を払うことになろうと、彼女にはそれだけの価値がある。

「ローガン」エレナは体を寄せた。甘い香りが漂い、ローガンを優しく誘惑した。「あなたがほしいの」彼女が言った。「あなたがこの街にいるあいだだけでいい。父の会社を買い取ったら、すぐにダラスへ帰ることもわかっている。そのときが来たら笑ってさよならを言うと約束するわ。決してあなたに迷惑はかけない。あなたを自由にして、わたしはすてきな思い出に感謝しながら生きていく。だから……」

そこで言葉が途切れ、エレナは小さな声をあげるとソファに深々と身を沈め、ほてった頬に手のひらを当てた。「ねえ、あなたも何か言って。どんなことでもいいから」

「エレナ……」

「何？」彼女がまた体を寄せ、甘い花の香りを辺りに漂わせた。琥珀色の瞳に情熱の炎が宿っていた。

「本気で言っているのかい？」

「誓ってもいいわ。あくまで今だけの関係だと理解している。あなたがダラスへ帰るまででかまわない。この前言われた条件を受け入れることにしたの」

「あれはただ――」

「ただ、何？」

「きみにとって不本意な結果に終わるのがわかっていたから、そう言っただけで――」

「不本意な結果？」エレナは鋭く返した。「どこが不本意なのよ？　わたしがそうしたくて、あなたに頼んでいるのに。心からの願いを叶《かな》えてもらって、不満が残る理由がどこにあるの？」

「だが、ぼくたちは――」

エレナは柔らかな手をローガンの口に当て、彼を制した。「嫌だったら嫌と一言で答えて。それだけ聞けばあきらめるから。変に取り繕おうとしたり、いい人を装ったりするのはやめて。余計な気遣いは無用よ」彼女は唇を固く引き結び、手をおろした。燃えあがる琥珀色のまなざしを彼に注ぎながら。

早くソファから立ちあがれ、ここを出るんだと、頭の中で理性が叫んでいた。

だがローガンはそうしなかった。

腕を伸ばしてエレナの髪にふれた。絹糸を思わせる髪に指を差し入れ、うなじを手で包み込んだ。

エレナは小さなうめき声をもらし、吸い込まれるかのごとくローガンに体を預けた。

ローガンはその瞬間、我を忘れた。何も考えずに情熱に身を任せた。

彼はエレナを抱きしめて唇を奪った。

こんなに魅力的な女性を拒むとは、なんて無意味なことをしたのだろう？　初めて会ったときから、あの日の午後、彼女の父親のオフィスでこの美しい琥珀色の瞳を見た瞬間から、二人がこうなることは決まっていたのだ。

これは当然の成り行きだ。避けることのできない運命だったのだ。

もはや引き返すことは不可能だった。

ローガンは唇を離し、彼女の顔を両手で包み込んだ。「エレナ……」

「ああ、ローガン……うれしい……」

　彼はもう一度キスをした。今度は軽く唇にふれるだけにした。そうでもしなければ欲望に歯止めがかからなくなり、エレナの服を一枚残らずはぎ取って彼女を押し倒し、柔らかな体に無理やり押し入ってしまいそうだった。

　それだけは避けたい。彼女にとっては初めての体験なのだから。

　ローガンは彼女の肩に手を置き、体を引いた。

　エレナは夢見るような表情で目をしばたたいた。

「どうかしたの？」

「どうもしないよ」彼は言った。「何も心配ない」エレナのまつげに一筋の髪がかかり、ローガンはそっと指で戻して言った。「ベッドへ行こうか」

　つぼみがほころぶみたいに彼女がほほえみ、見覚えのあるえくぼが口元に浮かんだ。「ええ」

　ローガンは彼女の手を取り、立ちあがった。

　エレナもソファからおりて、裸足のまま立った。

　ローガンは彼女の手を引いて寝室へ向かい、ドアを開けて中へ入った。

　ベッドはきちんと整えてあった。部屋全体の照明が抑えられて甘いムードを演出している。ローガンはほほえんだ。エレナが一人であたふたと準備を進める姿を思い浮かべながら。

　彼のために。

　彼と二人きりで過ごすために。

　二人が向き合って立ったのは、数日前の夜に彼がこの部屋を訪れたときとちょうど同じ場所だった。あのときは中途半端な形で終わり、ローガンは彼女を残してここを去った。

　だが今夜は違う。二度と同じ過ちは繰り返さない。

　エレナを抱き寄せてキスをしていたとき、彼女が手のひらをローガンの胸に軽く押し当てて言った。

「あの……やってみたいことがあって……いい？」

「なんなりと」ローガンは一歩下がった。

彼女はローガンのシャツのボタンをはずし、裾をパンツから出した。そしてローガンの裸の胸を手のひらでゆっくりと撫《な》であげ、指先が肩へ届くとシャツの内側に手を滑り込ませ、左右の腕に沿って撫でおろした。シャツは彼の肩からはらりと落ちた。

しかしカフスボタンがはずれていなかったので、両袖が手首から抜けなかった。エレナは気にしていない様子で、シャツの前をはだけて後ろへ手を回した格好のまま彼を放置した。なんだかゆるい拘束を受けている気分だとローガンは思った。

エレナは彼の胸に顔を寄せ、そこに優しくキスをした。そして顔を上げ、恥ずかしそうにローガンにほほえみかけた。「なんとなく変な気分……これを一度やってみたかったのよ、あなたと。でも正直、自分が何をしているのかわからなくなったわ」

「意外すぎる一面だな」彼はかすれた声で言った。

エレナから発散される花の香りで頭がぼうっとした。シャツを脱がされて、裸の胸にキスをされただけで、欲望をかき立てられた彼の体が反応した。

エレナは経験こそないが、どうやら男を喜ばせる才能に恵まれているらしい。

今すぐに抱きかかえてベッドへ連れていきたい。まだだめだ。それよりもエレナの初めての体験を最高のものにしたい。そのためには焦りは禁物だ。彼女にとって一度きりの初体験なのだから。

彼はエレナの許可を得てカフスボタンをはずし、シャツを脱いで床へ放った。

上半身裸の彼に、エレナが熱い視線を送るのを感じた。

ローガンはベルトをはずし、パンツのファスナーをおろした。

パンツを足首までおろして脚を抜こうとしたとき、

先にブーツを脱ぐべきだったと気がついた。

「お手伝いが必要？」エレナは笑いをかみ殺した。

「頼んでもいいかい？」

彼女はローガンをベッドに座らせ、手際よくブーツを脱がせてパンツを脚から引き抜いた。

今度は彼が主導権を握る番だった。ローガンは立ちあがって彼女の肩をつかんだ。「エレナ……」

「待って。あなたに伝えておきたいことがあるの」エレナが言った。

「いいよ。なんでも話してごらん」

「避妊具を用意してあるわ。そこの引き出しに」彼女はナイトテーブルを指さした。

「ピルをのんでいると言っていなかったか？」

「のんでいるけど、でも、あの……」エレナは顔を真っ赤にした。

何事にも万全の備えをするのは悪いことではない。ローガンは引き出しを開けて避妊具の箱を手に取り、包みを出して電気スタンドの横に置いた。「ほら、これで準備はすべて整った」そう言ってあらためて彼女の肩をつかんだ。「後ろを向いて」

「どうして？」

ローガンは黙って眉をすっと上げた。

エレナはくるりと回って彼に背を向け、腕を体の脇におろして背筋を伸ばし、震えるため息をついた。

「それでいい」彼は一歩前へ出た。

エレナは心細そうにまたため息をついたが、何も言わなかった。ただそこに立ち、顔を上げて遠くの壁を見つめていた。

ローガンは彼女を抱き寄せ、両腕で包み込んだ。彼の腕の中にいることがこの上なく自然に思えたのか、エレナがもう一度ため息をついた――さっきよりも柔らかなため息を。そして彼の胸に背中を預けた。ローガンは彼女のうなじにかかる美しい髪を払いのけ、華奢な首の横に唇を押しつけた。するとエレナがかすかにうめき声をあげて頭をのけぞらせ、さらなる愛撫《あいぶ》を促した。

ローガンは舌で彼女の肌を味わった。少し塩気がして、うっとりするほど甘かった。

彼女は顔だけローガンに向け、唇が届く距離まで顔を寄せた。彼はエレナの唇を自分の唇で塞ぎ、荒々しくむさぼった。

ローガンは背後からエレナの体を探りはじめた。細くくびれたウエストのラインを手でたどり、そこから優しく撫であげていき、最後にバストを両手で包み込んだ。なんと心地よい感触だろう。柔らかく官能的で、服の上からでも体温が伝わってくる。

エレナがため息をつき、唇を離して彼の肩に頭をぐったりともたせかけた。「ああ、ローガン……」

彼は低いうめき声で応え、両手をおろしてエレナのチュニックの裾をつかんで引きあげた。彼女は気だるそうに両腕を高く上げた。

ローガンはそのままチュニックを頭からいっきに脱がし、腕を上げたエレナの手首を両手でつかんだ。信じられないほど滑らかな肌合いを楽しみながら、手首から肘、さらに腕のつけ根の美しいくぼみへと念入りに撫で回した。

彼の手は脇の下を通って内側へ向かい、ふたたび胸に戻った。今やそこは、黒いレースで申し訳程度に覆われただけになっていた。ローガンは手のひらで胸の膨らみを包み込み、レースのブラジャーの上から親指で巧みに刺激した。

エレナはこの行為が気に入ったようだ。切なげにローガンの名前を呼び、体を弓なりにして豊かな胸を突き出し、彼の手のひらに押しつけて余すところなくふれ合おうとした。ローガンは愛撫を続けながら親指でブラジャーをずらした。硬くなった胸の頂があらわになり、彼はその味わいをつい確かめたくなった。

今はだめだ。こうしてエレナがぼくに背を向けているからこそ、ぼくは意のままに彼女を愛撫できるし、エレナは与えられた快感にひたすら没頭していられるのだから。

彼は可憐《かれん》な胸の頂を親指と人さし指でつまみ、軽く弾《はじ》いたり、転がしたりしてもてあそんだ。

エレナは喜びのうめき声でそれに応え、わずかに振り向いた。ローガンは遠慮なく彼女の唇を奪った。

ローガンは彼女の下腹部を探り、両脚のあいだへ手を滑り込ませた。そこが熱くほてっているのが、ジーンズの上からでもよくわかった。

ローガンが手を動かすとエレナはキスで唇を塞がれたまま甘いうめき声をあげて、もどかしげに腰を動かした。

ジーンズのスナップをはずしてファスナーをおろしてほしいという合図だ。ローガンがそのとおりにしてもエレナは抵抗する様子を見せなかった。

彼女は愛らしいレースのショーツをはいていた。ローガンは平らなお腹を撫で、レースの縁から指を差し入れた。エレナが鋭く息をのんだ。唇を離し、大きく背中をそらして頭をのけぞらせ、彼に寄りかかった。

ローガンはレースの中へ入れた手を止め、彼女の髪に唇を押し当て、エレナが次の動きを懇願するのを待った。

彼女が震える声で合図を送った。「お願い……」

ローガンの手がゆるやかに動き、レースの下の谷間をたどっていく。恍惚《こうこつ》とした表情を浮かべるエレナの体がムスクを思わせる芳香を放ち、その甘く濃密な香りにローガンはめまいがした。エレナの谷間がしっとりと湿り気を帯びるのを指先に感じた。

それでいい。彼の手はさらに奥へ進んだ。

ショーツの中でローガンの指が谷間を覆う茂みを

撫でさするのを感じて、エレナはあえぎ声をあげた。彼の巧みな手で、自分の秘めた部分があらわにされるみたいな感じだった。ローガンの前に自分のすべてをさらけだすような気分だと言ってもいい。もっとも現実の彼は、エレナの前ではなくて背後にいるのだが。

なんてすてきな気分。興奮が止まらない。まさに夢見た体験だわ。

ああ、求めていたのはこの感覚よ。

いいえ、むしろ思った以上ね。もっとすてき。

ローガンの手は彼女の谷間を探索しつづけていた。ただし谷間の表面を念入りに愛撫するだけで、その中へわけ入ろうとはしなかった。内側の秘められた部分は熱く滑らかに潤い、彼を待ちわびていた。

うずきにも似た奇妙な感覚が体に広がり、それがしだいに純粋な快感となって体の芯へ送られる。

気がつくと背中を預けている彼の体がゆるやかに動いていた。硬くなった情熱の証《あかし》が——ローガンも彼女を求めている明らかな証拠が——ジーンズ越しに押しつけられ、背後から突きあげられる感触にエレナは我を忘れて酔いしれた。

ローガンの指先が彼女の谷間へわけ入った。彼の長い指がゆっくりと中に入ってくるのを感じて、エレナは思わず身を硬くした。

そして、すぐに安堵《あんど》のため息をついた。こんなにも気持ちのいいものだとは思わなかった。これほど完璧で自然な行為があるだろうか。彼女は緊張を解き、ローガンの優しい指を素直に受け入れた。

初めは一本……。

さらにもう一本。

じきに彼が指を動かしはじめ、信じられないほど甘やかな刺激をエレナにもたらした。

彼女は頭をのけぞらせ、無我夢中で腕を後ろへ回してローガンのたくましい体にしがみついた。彼は魔法さながらの指の動きでエレナの官能を容赦なくかき立てた。

彼女は頭が真っ白になり、めくるめく快感に心を奪われた。全身の細胞が小刻みに震えるのを感じた。いつの間にかエレナは彼の指に合わせて腰を揺らしていた。

やがてローガンはエレナの谷間に差し入れた指を動かしながら、彼女のもっとも敏感な部分を親指で優しくさすりはじめた。

それは絶大な効果を発揮した。エレナはいっきに歓喜の高みへと駆けあがり、目をぎゅっと閉じて荒々しくローガンの肩に頭を投げ出し、彼の名前を何度も叫びつづけた。

ローガンは愛撫の手をゆるめず、エレナが喜びの頂点に達し、激しく体を震わせて歓喜の声をあげるまでやめなかった。

興奮の波が引いていき、エレナが心地よい余韻に浸るあいだに、ローガンはジーンズとショーツを背後から脱がせた。エレナはすっかり放心状態となり、なすがままになっていた。

エレナが一糸まとわぬ姿になると、ローガンは肩をつかんで自分のほうを向かせた。二人は生まれたままの姿で向き合った。ローガンがボクサーショーツをすでに脱いでいたことに、エレナは初めて気がついた。

そこには余分なものを取り去った彼の肉体だけがあった。がっしりしてたまらなく魅力的で、力強い腕と厚い胸板を備えたローガンの体だけが。

まさしくエレナが切望したとおりの体が。

エレナは顔を上げ、彼の目を真《ま》っ直《す》ぐに見ながらつぶやいた。「ローガン……」

最後まで言う前に、彼に唇を塞がれた。

ローガンは唇を離したあと、彼女にベッドのほうへ後ずさりするよう促した。エレナは膝の裏にマットレスがふれるのを感じた。

「横になって、エレナ」

エレナはすぐにベッドに上がり、体を横たえた。そのあいだにローガンはナイトテーブルに置いた避妊具を取って袋から出し、自分でつけた。

エレナのところまで戻り、彼女にキスをした。たっぷりと時間をかけた深いキスを。非の打ちどころのないすてきなキスを。

唇を彼女の喉に埋め、胸をついばみ、滑らかな腹部へ這《は》わせた。

エレナのすべてに余すところなくキスをした。

そしてついにローガンが彼女の両脚を開き、そのあいだに身を置いたとき、エレナは彼を迎え入れる心の準備ができていた。ローガンに体を開き、彼を強く求めた。

ローガンは彼女を優しく扱った。

それでも彼の情熱を受け入れたときには、何かが固く閉ざされた扉をこじ開けて入ってくる圧力を感じた。初めはエレナを気遣うゆっくりとした動きだったが、やがてそれが痛みを伴いはじめた。圧力に抗《あらが》っていた部分がしだいに押し広げられ、燃えるように熱くなっていく。

そしてすさまじい衝撃を受け、彼女は思わず鋭い叫び声をあげた。

「エレナ……」ローガンはエレナの指に自分の指を絡めて、しっかりと握りしめて枕の横で両手を固定した。それ以外はいっさい動かさなかった。

微動だにせず、じっと待っていた。

エレナの体がすべての抵抗をやめ、彼の情熱を受け入れるその瞬間を。

長く待つ必要はなかった。エレナが感じた最初の激痛は嘘《うそ》みたいに引いていき、針で刺された程度の痛みになり、いつの間にか消えた。

自分の中にローガンの存在が確かに感じられる。

それがなんだかとても自然で、納得できる気がした。

興奮で胸が弾む。

軽く腰を上げてみる。悪くない感じだ。

なんとなく気持ちがいい。

もう一度、試してみた。

覆いかぶさっていたローガンが体をこわばらせた。

エレナは彼に握られた手を放し、両腕をローガンの体に回した。

「エレナ？」彼は唖然《あぜん》とした。「きみ……」

「もう大丈夫。ううん、むしろ気持ちがいいくらいだわ」彼女は両脚もローガンの腰に回した。

「エレナ」ローガンはうめき声をあげた。「ぼくはもう……」

「いいわよ。動いて」エレナは彼にささやいた。

それこそローガンが求めていた言葉だったのか、彼は低くうめいてエレナの首に顔を埋めると、体を前後に激しく動かしはじめた。

まったく痛みを感じなかったわけではない。

だが、エレナは気にしなかった。ローガンは彼女の中で我を忘れている。エレナも彼の動きに没頭し、夢中になった。彼女はローガンの髪に指を差し入れ、顔を引き寄せてキスを促した。

ローガンは長いキスと荒々しい動きで応えた。

エレナは彼の情熱の証に貫かれながら、ローガンが体を引いてふたたび戻ってくるたびに、より深く、より奥まで自分の中が満たされるのを感じた。

ローガンの動きがさらに速く、大きくなった。彼はエレナの喉に顔を押し当てた。彼女はローガンに置いていかれまいと必死だった。今度こそ同時に喜びの頂点に達したかった。この魔法のかかった甘美なひとときの中で、どこまでも彼についていきたいと願った。

しかし経験の浅いエレナの体は、まだそこまでの準備ができていなかった。すべてが初めての体験で、圧倒され翻弄されるばかりだった。ローガンの体にしがみつく以外、何もできなかった。

だが今はそれで充分なのだと彼女は気がついた。ローガンを体の中で感じ、彼がエレナを求め、我を忘れてこの行為に没頭していることを理解するだけでいいのだと。

ローガンがエレナの体に夢中になり、彼女に身を委ねているのだと。

彼が喉の奥から低い声を絞り出した。ひときわ激しい一突きを受けて、エレナの体が一瞬浮いた。

ローガンは全身の筋肉を緊張させて彼女の奥深くまで満たしたまましばらく動きを止めた。エレナは自分の中で彼の情熱の証が脈打つのを感じた。

ローガンの汗ばんだこめかみにそっと唇を当て、彼の体を強く抱きしめる。

「すまない、きみより先に……」エレナの首に顔を埋めていた彼が、息を切らして低い声でつぶやいた。

「気にしないで、ローガン」彼女はハスキーな声で笑った。「また次の機会があるわ」

彼はエレナを抱きしめてごろりと横に転がった。二人はベッドの上で並んで向き合った。

ベッドサイドのほのかな明かりが二人を照らした。エレナは彼の腰に両脚を絡めている。

ローガンはいまだに彼女の中だ。

彼女はふと思った。これってとんでもなく親密でセクシーな結びつきじゃないかしら？　二人で横になり、荒い息をつきながら見つめ合うなんて。

一つにつながったままで。

ローガンは眉をひそめ、彼女の髪を優しく撫でた。

「もっとリラックスするべきだったな。最後は我を忘れて突っ走ってしまった」

エレナは彼に軽くキスをして言った。「男性ならそうなって普通じゃないの？」

「きみのペースに合わせてあげたかったから」

エレナは彼の唇に指でふれた。体のほかの部分は男らしくてがっしりしているのに、ここだけは柔らかいのが不思議だ。「気遣いのできる男なのね」

「努力の賜物《たまもの》さ」ローガンは手を伸ばし、羽のように軽く彼女の頬を撫でた。

「考えてみると、いろんな意味で恐ろしくて大変な一週間だった。でも今はすべてに希望が見えてきた。わたし……幸せだわ、ローガン。とにかく幸せ」

「それならよかった」

「最高の気分よ」ローガンがわたしの恋人になった。そう考えただけでエレナは背筋がぞくぞくした。

ローガンがわずかに動いて彼女から離れた。エレナはびくりと体を震わせた。太腿に奇妙な湿り気を感じた。

エレナとローガンは同時に下を向いた。

避妊具がはずれていた。

8

エレナはナイトテーブルのティッシュボックスへ手を伸ばした。

ローガンは苦笑いをして首を振りながら言った。

「失敗したな。もっと注意すべきだったよ。きみがピルをのんでいてくれて助かった」

「そうね」脚を拭いながら彼女は答え、ティッシュをくしゃっと丸め、ごみ箱へ投げ捨てた。

たいして気に病むことではないわ。ピルをのみ忘れたのは一日だけだし、避妊具の中身がもれたのは、たぶん体の外に出てからよ。

「すぐに戻る」

彼はエレナの顎先にすばやくキスをして寝返りを

打ち、ベッドからおりた。

ローガンはバスルームから戻ると、エレナの手を取って言った。「突然だが、腹が減った」

「わたしも」

二人でキッチンへ行き、チョコレートのアイスバーを裸で立ったまま食べた。出会ってまだ一週間なのに、ここまで遠慮のいらない間柄になるなんて。そう考えただけでエレナは笑ってしまった。

アイスバーを食べたあと、バスタブに湯を張って一緒に入った。狭かったが、なんとか二人で入れた。こういうのも悪くないとローガンが言い、エレナもそのとおりだと思った。

それからベッドへ戻り、ふたたび体を重ねた。

二回目は最初よりも盛りあがった。フィニッシュ直前にローガンがごろりと仰向けになってエレナを上にした。彼女はローガンの体の両側に膝をつき、彼の肩の横に両手をついて顔を寄せた。豊かな髪が流れ落ち、恋人たちを隠す秘密の帳《とばり》みたいに二人の顔を覆った。

「この体勢って……解放的な気分になれそう」エレナは小声で言った。

ローガンは手を伸ばして彼女の髪に指を差し入れ、顔を引き寄せてささやいた。「きみのペースで自由に動いてごらん」そしてキスをした。

彼女は素直に従った。まるで天国にいる気分だ。いつまでも続けていたいくらいだった。

エレナは呆気《あっけ》なく喜びの頂点に達してしまい、ローガンもそれに続いた。

彼は今度こそ避妊具をはずすまいと、慎重に根元を押さえたままエレナから静かに離れた。

「今夜は泊まっていって」彼女はささやいた。

ローガンは蝶《ちょう》がとまるようにそっとキスをして言った。「その言葉を待っていたよ」

朝になっても彼の優しい態度は変わらなかった。エレナが体が痛いと訴えると、ローガンはすぐに飛び起きてキッチンへ向かい、フレンチトーストとベーコンの朝食を用意してくれた。すばらしい出来だった。彼によると、兄として弟や妹の面倒を見るためには料理の腕も必要不可欠だったそうだ。でないと毎日ファストフードで腹を満たすはめになっただろうとローガンは語った。

「ぼく個人としては、肉汁たっぷりのばかでかいハンバーガーも大好きだったが」彼は言った。「毎日そればかり食べて過ごすわけにもいかないからな」

ローガンは朝食のあと帰った。弟のコーマックと会う約束があるらしい。エレナは父を見舞いに——それからつきっきりで世話をしている母の顔を見に——病院へ向かった。

父はご機嫌斜めで、入院生活にはいいかげん飽き飽きだと不満を訴えた。

母は辛抱強く父をなだめ、ひたすらご機嫌取りに務めていた。やっとよりを戻せた最愛の妻の美貌に父がつい見とれてしまい、自分の情けない状況さえ忘れそうになったことも一度や二度ではなかった。

やがて時計の針が十一時半を回った頃、エレナはそろそろ行かないと、と言って腰を上げた。

「行くって、どこに？」父と母が同時に尋ねた。

「デイビス・ブラボーとランチの約束があるの」

「そうか。よかった」父がうなずいた。

「よく決心したわね」母もにこやかに言った。

そのあとローガンとも会うことは話さなかった。そこは彼女のプライベートな部分だからだ。どうせ彼がこの街に滞在するのはあと一、二週間だけで、その先にはなんの未来もない。徹底的に割りきったつき合いにしようとエレナは決めていた。

彼との関係を訊《き》かれても、軽い気持ちでつき合っているだけで真剣な交際ではなく、どちらも遠距離恋愛をする気はない、と答えるつもりだった。姉のマーシーにさえ、ローガンと寝たことは秘密にしておこうと思っていた。彼がエレナの人生から去って最低でも数カ月が経《た》ち、楽しかった日々が優しさと感謝に満ちた大切な思い出に変わるまでは。

いずれは終わってしまう関係だし、あまり時間は残されていないのだと考えると、少し寂しかった。だからといって、小さな痛みを抱えたままくよくよするつもりはない。今を思う存分楽しみたい。

終わりのことは考えず、毎日を精いっぱい生きていこうとエレナは思った。

レストランに到着すると、デイビス・ブラボーはすでにテーブルについていた。エレナを見た彼は弾《はじ》かれたように立ちあがった。普段のデイビスからは考えられない行動だ。堂々とした体躯《たいく》の持ち主で、常に威厳たっぷりにふるまい、値の張りそうなスーツに身を固め、行く先々で注目を浴びる人物なのに、今日に限っては落ち着かない様子だった。

彼がぎこちなくほほえむのを見て、エレナは少しだけ心を動かされた。この人は本気でわたしのことを心配して、何かしらの関係を築きたいと切望しているのだとしみじみ思った。

そして、はっと気がついた。エレナ自身もすでに同じことを願っていて、デイビスとなんらかの形でつながりを持ちたいと考えていることに。

デイビスは自分の向かい側の席を彼女に勧めた。ウエイトレスがテーブルへ来て注文を取った。

料理を待つあいだ、エレナはアイスティーを飲んでいた。デイビスは彼女の勤務先の学校や生徒たちについてあれこれ訊き、今の生活には満足しているかと彼女に尋ねた。

「ええ」エレナは答えた。「とても満足しています。

本当に」

料理が来た。食べながらさらに話したが、内容のほとんどは世間話程度のもので、ぎくしゃくした会話が続いた。長い沈黙が流れる場面も何度かあり、最後には決まって二人が同時に口を開き、あわてて話を譲り合った。

「失礼。きみからどうぞ」

「いえ、先にそちらから……」

ウエイトレスが伝票を持ってきたとき、エレナは腕時計をちらりと見た。ここに座ってから四十五分。そのあいだずっとデイビスと向き合っていたわけだ。ずいぶん長く感じた。きっと時が経てば、お互いにもう少しくつろいで話せるようになるだろう。

店の外に止めたエレナの車まで送る途中で、デイビスが言った。「近いうちにまた、ランチを一緒にどうかな？」

いいですねとエレナは答えた。

そのあと彼がためらっているように見えたので、エレナは率先して動いた。彼女のほうから身を乗り出し、デイビスの頬にすばやくキスをして言った。

「今日はごちそうさまでした」

「あ、いやその、なんだ、こちらこそ楽しかった」

ちょっとかわいいかもとエレナは本気で思った。いつもは偉ぶっているデイビス・ブラボーが、咳払《せきばら》いなんかして明らかにはにかんでいる。

エレナは車に乗り込んだ。デイビスは店の前の歩道に立ったまま、彼女の車に手を振っていた。

食料品店で買い物をして帰宅すると冷蔵庫にしまい、ふたたび父の病院へ向かい、四時前に着いた。

父は眠っていた。母はエレナを促して病室の外の廊下へ出ると、デイビスと話はできたのかと尋ねた。

話の内容を手短に伝えると、母はエレナが自分の娘であることを心から誇りに思うと言った。

母と病室へ戻っても、父はまだ起きなかった。椅子に座ろうとしたとき、マナーモードにしておいた携帯電話が振動した。見るとローガンからだった。

　エレナはそっと病室を出て、廊下で電話を取った。

「今夜は？」彼のセクシーな声を聞いた瞬間、背筋がぞくぞくするのを感じた。

「七時に、わたしの家で。料理は任せて」

「わかった」

　じゃあねと言って電話を切り、病室へ戻る。母が目で問いかけた。〝誰から？〟エレナは肩をすくめ、母に顔を寄せてささやいた。「友だち」

「友だちって、どなた？」

「ただの友だち」彼女は椅子に座って読書を始めた。

　父が目を覚ましたのは五時頃だった。看護師が病室を訪れて点滴チューブと手術痕のチェックをしたあと夕食が運ばれてきた。

　エレナは父にキスをして、また明日来ると言って病室を出た。

　帰宅してまずはロースト用の肉をオーブンに入れ、テーブルの準備を始めた。手早くシャワーをすませ、ポテトをゆでて、サラダの野菜を切った。

　ローガンは時間ぴったりにやってきた。オレンジ色のユリの花束とワインを持参していた。エレナは彼にキスされる前にかろうじてユリを花瓶に活《い》けた。

　そして、お返しのキス。この世にこれほどの満足感を得られる行為がほかにあるとすれば……。

　それはただ一つ、彼と情熱を交わすことでは？

　というわけで、ディナーの前にさっそく検証した。場所は居間のソファ。性急かつスリリングな行為になったが、途中でエレナが大急ぎで寝室へ向かい、ナイトテーブルの引き出しから避妊具を取ってくるあいだのみ中断された。

　ローストした肉の出来は上々だった。ローガンが持ってきたワインもおいしかった。

　それから早めにベッドに入り、たっぷりと時間をかけて、あらためて情熱を交わした。

　翌日は朝食をとりに外出していったん別れ、夕方また会い、夜は互いの腕の中で過ごした。

　来週は学校がずっと休みだから、思う存分ローガンと一緒にいられる。父と母にも好きなときに会いに行けると彼女は思った。

　月曜日、父は退院した。今後は母の家で同居することが決まっていたので、母は父が一人で暮らしていたアパートメントから私物を一つ残らず運び出し、自分の家へ持ってくる手はずを整えていた。

　マーシーと夫のルークも母の家を訪れた。夕食は母の手料理をみんなで楽しみ、食後はエレナも姉夫婦も早々に退散した。父には休息が必要だ。

　エレナは大急ぎで帰宅すると、そのままローガンの腕に飛び込んだ。

　火曜日、水曜日、そして木曜日も、同じように過ぎた。昼間は家族と会い、夜はローガンの腕の中で眠った。

　木曜の夜、ベッドで彼と甘いひとときを過ごしたあと、明日ローガンとコーマックと彼女の両親が、弁護士の立ち会いのもとで〈カブレラ建設〉の譲渡契約書にサインすることになったと聞かされた。

　つき合いはじめてちょうど七日目。それなのに、もう終わりが来てしまったのかとエレナは思った。

　最初からわかっていたし、彼ともそれで合意したことは忘れていなかった。そのときが来たら笑ってさよならを言うと約束したことも。「おめでとう」彼女はローガンに言った。

　彼は喉の奥で低い声をたて、エレナを抱く手に力を込めた。彼女はこめかみにローガンの唇がふれるのを感じて、ふと思った。この先どれほど彼が恋しくなるだろう。あまりにつらすぎる。考えただけで胸が苦しくなった。

「ありがとう。ぼくも商談が滞りなく成立しそうで、ほっとした」ローガンはもう一度彼女のこめかみに唇を当てた。「お父さんも同じ思いじゃないかな」

エレナは彼の広くてたくましい胸を撫《な》でた。手のひらから温《ぬく》もりが伝わってくる。「それが終わったら、あなたはダラスへ帰るのね」

「コーマックは契約書に署名したらすぐに帰る」

「明日中に？」

「その予定だ」

「あなたは？」エレナは彼の胸に頭をもたせかけ、視線を遠くの壁に向けたまま尋ねた。顔を見ないで話すほうが安全だと思ったからだ。

しかしローガンはそれを許さず、彼女の顎を持ちあげて視線を合わせた。「きみさえ迷惑でなければ、今週末はここで過ごしたいと思っている」

今週末。それなら土日の二日間も一緒にいられる。

「迷惑だなんて、とんでもない」

「そう答えてくれるのを期待していたよ」彼はエレナにキスをした。

それから彼女を仰向けにして、唇を下へと進めた。ゆっくりと胸をねぶり、お腹《なか》に舌を這《は》わせ……。

ローガンが目的の場所へたどり着いたときには、エレナの欲望は限界まで高まっていた。「すっかりぬれているよ」谷間を指で広げてキスをしながら、彼が言った。「エレナ、きみは最高だ……」

彼女はナイトテーブルに置いた避妊具を手探りでつかんだ。二人を取り巻く世界はすでに消え去り、あとにはローガンのキスと、エレナの体を知り尽くした巧みな指の愛撫《あいぶ》と、彼女の秘められた部分にかかる熱い吐息だけが残った。

エレナは全身を震わせ、喜びの声をあげた。

やがて彼女は体を起こし、ローガンを促して仰向けに寝かせ、彼の体をまたいで膝をついた。

エレナは彼を見下ろした。「いつもわたしの体を眺め回すけど、そんなに楽しいの？」

「わかっているくせに」彼はしゃがれた声で答えた。

彼女は前屈《まえかが》みになると、ローガンの硬くなった情熱の証《あかし》に舌を這わせて彼を味わった。ローガンがうめき声をあげ、エレナはほほえんだ。

そして一週間前の彼女からは想像もできないほど迅速かつ巧みな手つきで避妊具の袋を開け、中身を出して彼につけた。そのあと体を起こして膝立ちになり、慎重に体を沈めていった。

そこからはいっきに事態が進み、彼女は狂おしいばかりの興奮と喜びの渦にのみ込まれた。二人は高みへ上っていき、同時に頂点に達した。

しばらくしてローガンは彼女の体にシーツをかけ、おやすみを告げた。エレナは彼に体をすり寄せた。

金曜日、土曜日、そして日曜日……。

あと三日間は彼のそばにいられる。一瞬一瞬を大切にしようとエレナは思った。


だが時間は矢のように過ぎ、時の歩みが遅くなることはなかった。

気がついたときには日曜日になっていた。

午前中はずっと二人で過ごした。リバーウオークを散歩したり、川沿いのレストランでランチをとったりして、コンドミニアムへは昼過ぎに戻った。帰宅後は時間をかけて情熱を交わし、けだるい午後を楽しんだ。

そのあと起き上がってキッチンへ向かい、エレナは夕食をつくり、食後はふたたびベッドへ戻った。ローガンは取り憑《つ》かれたみたいに彼女を求め、エレナは何度も喜びの頂点へ駆けあがった。

互いに飽くことなくいつまでも求め合った。もうすぐ別れのときが来る。

朝になればローガンはダラスへ帰ってしまう。

二人は夜明け前に目を覚ました。ローガンは彼女がいちばん好きなものをつくった。フレンチトーストとベーコンの朝食だ。

食後にテーブルを片づけていたとき、彼がエレナの腕を取り、そのまま彼女を抱き寄せてキスをした。そして唇を離し、両手でエレナの愛らしい顔を包み込んで言った。「ずっと考えていたんだが……」

「えっ？」エレナはこわばった笑みを浮かべた。

「今度の週末もこの街へ来るつもりだ。そうすればきみと一緒にいられる」

エレナの心臓が激しく打ちはじめた。ローガンは二人の関係をまだ終わらせたくないと思っている。彼女よりもずっと強く。それは素直にうれしかった。

しかしエレナは彼の手首を握って言った。「束縛するつもりはないと伝えたはずよ」

「それでもぼくはきみを失いたくない」

ローガンはわたしを求めている。けれども自分の思うままに生きる人生をあきらめたわけではない。結局のところ、彼が何よりも望んでいるのは自由な人生だということね。

彼を手放すときがとうとう来てしまったのよ。

エレナは爪先立ちになってローガンにキスをした。

それから踵《かかと》をおろすと、一歩下がって言った。「やっぱりこのまま終わりにしましょう。初めからそういう約束だったんだもの」

「きみが恋しくてたまらなくなりそうだ」

「わたしも。でもこうするのがいちばんいいのよ」

ローガンは反論しなかった。

荷造りを終えたあと、彼は玄関の手前でエレナにキスをした。たっぷりと時間をかけた長いキスを。顔を上げたローガンに向けて、彼女はゆっくりとほほえみを浮かべた。「さよなら、ローガン」

彼は何も言わず、扉を開けて出ていった。

エレナはすぐに扉を閉めた。

彼が去っていく姿を見るのがつらかったから。

9

五カ月後、十月

エレナは扉を開けた。秋の夕べはひんやりとして、空気も爽やかだ。

兄の表情は……あまり爽やかとは言い難い。

「なんの用？」このあとの展開が予想できて、彼女はうんざりしながら訊《き》いた。

「様子を見に来ただけだよ」兄が答えた。

エレナは我知らずお腹《なか》の膨らみに手をやり、守るようにそっと手で覆った。「ケイレブ」あきらめとけだるさの入り交じった口調で兄の名前を口にした。「帰って。わたしのことは放っておいて。兄さんのことは大好きよ。だけどこれ以上話し合うつもりはないわ。言えることはすべて言ったんだから」

「コーヒーの一杯くらい、飲ませてほしいな」

「そのついでに聞き出す気なんでしょう？」

「聞き出すって、何を？」

エレナは大きく息をついた。「もう帰って」

兄は動こうとしなかった。「頼むよ、一杯だけ。それを飲んだら帰るからさ、いいだろう？」

エレナはため息をついた。いつまでも玄関先で押し問答するわけにもいかない。兄を中へ入れるか、扉をぴしゃりと閉めるか、どちらかだ。

エレナはしぶしぶ招き入れた。

兄をキッチンへ案内してカウンターに座らせた。そのあいだにコーヒーメーカーに水を入れ、ペーパーフィルターをセットしてフレンチローストの粉を二杯分入れた。スイッチを押し、くるりと振り向く。

「二、三分で用意できるわ」

「いいね。ありがとう」

兄と妹は互いに目をそらさずに相手の顔を無言でじっと見た。

エレナの後ろでコーヒーメーカーの湯がわく音がして、やがてコーヒーを抽出するぽたぽたという音に変わった。

とうとう根負けした兄が口を開いた。「それで、体調のほうはどうなんだ？」

「おかげさまで、問題ないわ」

「昨日、ローガンと話した」

エレナの胸を不安がよぎった。膨らんだお腹を思わず両腕で抱え込みそうになり、なんとか我慢した。そうでなければ一瞬で気づかれただろう。弱気になってはいけない。兄は彼女に鎌をかけただけなのだから。

エレナはそっけなく言った。「あら、そう。彼、元気そうだった？」

「きみがどうしているか訊かれた」

「ほんと？　それで、なんて答えたの？」

兄の表情が変わった。下手な小細工はやめようと決意したらしい。「何も。元気だと伝えただけさ。間違っても〝エレナは妊娠五カ月になった〟なんて話したりしないよ」

「そんな話をする必要がどこにあるの？　わたしのことは頼むから放っておいてと言ったでしょう？」

「逆に訊くが、妊娠したことをなんであいつに知られたくないんだ？」

「そりゃあ、赤の他人だもの」我ながら白々しい嘘《うそ》だと思った。「つまり彼にはまったく関係のない話だってこと。ついでに兄さんにもね」

「秘密にしたがる理由は――あいつが赤ん坊の父親だからか？　それで教えるのが怖いのか？」

「秘密？　別に秘密になんかしていないわ。よく知らない相手に、妹がお腹の子の父親が誰かを教えてくれない、なんて話さないでと言っているだけ」

「知らない相手なんかじゃない。昔からの友人だ」

「兄さんにはそうでも、わたしには赤の他人よ」

「あいつは真面目な男だ。事実を知れば、すぐに動く。わかっているだろう？」

ええ、そうでしょうね。ローガンが実際に行動を起こすことを考えただけで、エレナの心は痛んだ。

「余計なおせっかいはやめて」彼女は言った。

いつまでもローガンに黙っているつもりはない。いずれはちゃんと話す。ただし兄の都合に合わせるのは嫌だ。悪いけど。

赤ちゃんが無事に生まれたら、すぐに話せばいい。迷惑はかけないと彼に約束したのだ。こんな事態になってしまった今、ローガンのためにできることはそれくらいしかない。いずれは破らざるをえないとわかっていても、それまでは約束を守りたい。

もちろん、子どもができたことを知る権利が父親にもあるのは承知している。

だが、この子はまだ生まれていない。あと数カ月は彼に知らせる必要はない。息子が――二週間前に、超音波検査でわかった――生まれるまでは。

兄は眉をひそめた。「ぼくにはわかっているんだ、エレナ。疑う余地はない。父親はローガンだな？」

エレナの全身に震えが走り、口の中がからからになった。

ああ、でも兄は確信があるわけではない。たぶん疑っているだけ。真実をわたしの口から言わせるために揺さぶりをかけただけよ。

おそらく自分でも責任を感じているのだろう。だってローガンをわたしの父に紹介しなければ、彼がわたしと出会うこともなかったのだから。

「好きに言っていればいいわ」エレナは皮肉を込めて答えた。「何も知らないくせに」

「いや、知っているさ」兄はしつこく食い下がった。

「少なくとも一回は、あいつとデートをしたはずだ。復活祭《イースター》の食事会のときも見つめ合っていた。庭でもぴったり寄り添って、手までつないでいただろう。まるで一瞬たりともお互いから視線をそらすことができないみたいに。それにアントニオから聞いた話では、きみとは、その……」兄は言い淀《よど》んだ。

「何？　ちゃんと最後まで言って」

「もし父親がアントニオなら、彼にも教える必要があると思っただけだ。彼の話では……きみとはキス以上のことは一度もしなかったと。つまり――」

「出ていって。わたしの家から、今すぐに」

「だがこのままでは――」

「出ていって！」エレナは膨らんだお腹を手で覆い、容赦のない断固としたまなざしで兄をにらみつけた。

　兄はスツールから立ちあがった。「エレナ、ぼくは――」

「早く出ていってったら！」

　兄はがっくりと肩を落とした。「わかった。余計な口出しはするなということだな。すまない」

「そうよ。アントニオとの関係まで嗅ぎ回るなんて、おせっかいもいいところだわ。本当にありえない。とにかく早くわたしの前から消えてちょうだい」

　兄はスツールをカウンターの下にそっと入れて、ドアのほうへ向かった。

　エレナは兄を見送らなかった。キッチンのドアが閉まる音が聞こえるまで息を殺していた。

　それからカウンターにぐったりともたれかかり、冷たい大理石の天板に肘を置いて両手に顔を埋《うず》めた。どうしたらいい？　兄はこの子の父親を突き止めることしか頭にない。というか、父親がローガンだとわたしに認めさせるつもりだ。

　コーヒーメーカーがビーッと鳴り、抽出を終えた。エレナはくるりと振り返ってカウンターに向かい、コーヒーポットを取って中身を全部シンクへ流した。

二カ月後、十二月

玄関の扉を開けると、ケイレブがいた。クリスマスプレゼントを山のように抱えている。「悪いな、いても立ってもいられなかった。ぼくがどんな男かわかっているだろう？　家族の集まりでは、透明人間も同然の扱いをきみに受けたし」

エレナは心が溶けそうになったが、あえてそれを見せずに言った。「だから何？」

「なあエレナ、いいかげんに許してくれよ。ぼくはいちばん仲のいい兄じゃないか」

確かにそうだ。いつまでもこのままではいけない。ケイレブは軽率でお調子者だが、それでもエレナにとって誰よりも気の合う兄だった。大好きな義姉のイリーナにも会いたいし、八月に生まれた赤ちゃんのハナの顔もたまには見たい。

「エレナ」兄はせがんだ。「頼む」

「余計な詮索はしないと約束してくれる？」

「約束するよ。これはきみの問題だ。ようやくぼくにも理解できた」彼は心から反省したらしい。

彼女はこれ以上兄を責める気になれなかった。

「いいわ。中に入って」

ケイレブはほっとした様子で満面の笑みを浮かべた。「よかった。一時はどうなることかと思った」

エレナが招き入れると、兄はすぐに居間へ向かい、サイドバルコニーに面した窓の手前にある、クリスマスツリーへ真《ま》っ直《す》ぐに歩いていった。「きれいに飾りつけたね」そう言ってツリーの前に屈《かが》み込み、持ってきたプレゼントを置いた。

エレナは後ろに立った。二カ月前に兄を追い出したときよりもお腹が大きくなり、今も腰に手を当て、痛む部分をさすっていた。「コーヒーでも飲む？」

兄は膝をついたままで彼女を見上げ、ぱっと顔を輝かせた。「その一言を待っていたよ」

　エレナはコーヒーをいれ、ツリーの電飾のスイッチを入れて居間のソファに兄と座り、たわいない話をしばらく楽しんだ。ケイレブは一度もローガンの名前を出さなかったし、赤ちゃんの父親が誰なのか問いただしたりもしなかった。

　一カ月前、エレナは両親と姉のマーシーに、お腹の子の父親はローガンだと教えた。母と姉は誰にも言わないと約束してくれた。父だけは、赤ん坊が生まれたら必ず彼にも連絡してあげなさいと言った。間違いなく伝えるわ、とエレナは父に約束した。

　その日はいずれ来る。そう遠い話ではない。

　エレナは不安でたまらなかった。

　考えると気が滅入《めい》りそうだったので、とりあえず今は考えないことにした。クリスマス休暇を楽しみ、出産までにやっておかなければいけないことだけに意識を集中させようと思った。

　さらに二カ月後、二月十日金曜日

「ポテトを回してくれる？」エレナはイリーナからボウルを受け取り、大きなスプーンでたっぷりすくって自分の皿にのせた。義姉のつくったガーリックマッシュポテトは絶品だった。

　ケイレブは妹をしげしげと見て、当惑した表情で言った。「予定日から何日遅れているんだっけ？」

「一週間と少しよ」エレナは蒸したアスパラガスのボウルを取り、長くて太いのを選んで慎重な手つきで山盛りのポテトの横に並べた。

「本当に大丈夫なのか？」兄は眉をひそめた。

　エレナは義姉と目配せをした。こういうときは、女性同士のほうが話が通じやすい。

　イリーナが言った。「初めての赤ちゃんは予定日より遅れることが多いのよ。ハナが生まれる前に読んだ本にも書いてあったわ。忘れたの？」

「えっ、そうだっけ？　ハナは予定日当日に生まれたけど」

「ラッキーだったわね」エレナはそう言いながら、絶妙の焼き加減のローストポークの厚切りを二枚、皿にのせてナイフとフォークを持った。

兄は首を振った。「だんだん心配になってきたよ。早く生まれるといいんだが」

イリーナが手を伸ばして夫の腕を軽くたたいた。「予定日より一週間くらい遅れたって、心配する必要はないわよ」

「そうよ。万事順調なんだから」エレナは柔らかな肉にナイフを入れ、一口分を切ってマッシュポテトをたっぷりつけてからじっくり味わった。「天国にいる気分だわ、イリーナ。いつものことだけど」

義姉はしとやかにほほえんだ。「わたしの料理が気に入ってもらえたみたいで、よかった」

「あなたは世界一の料理人よ。こんなどうしようもない兄と結婚してくれて、感謝している理由はいろいろあるけれど、これもその一つね」

「そりゃないだろう？」兄はわざとらしく傷ついたふりをした。「これまでさんざん面倒を見てやったのに」

「確かにね。だけど兄さんが癪《しゃく》に障る存在だってことに変わりはないわ」エレナはマッシュポテトをふたたび頬張り、満足のため息をもらした。

最近はちょくちょく兄夫婦の家でディナーをご馳《ち》走《そう》になっていて、それがかれこれ二週間ほど続いていた。義姉の料理は最高だし、兄たちとおしゃべりするのは楽しかった。さらにありがたかったのは、兄夫婦は赤ちゃんが生まれてから夕食を早めにとる習慣がついたことだった。

夕方の六時、ときにはもっと早い時間から食事が始まる。これがエレナにはちょうどよかった。食べ終えたあと、夜九時には早々にベッドに入ることができるからだ。

その日、彼女は夕食中に水の入ったグラスを手に取り、飲まずにテーブルに戻した。お腹の下のほうに経験したことのない痛みを感じた。「痛っ！」

「どうした？」兄がはっと身を硬くした。「まさか――」

エレナと義姉は同時に笑った。「落ち着いて、兄さん。なんでもないわ。ただの腹痛よ」

だがそれから一時間半後、お腹の痛みが強くなりはじめた。気がつくとエレナは痛みの間隔を測っていた。兄の家のメディアルームで何かのサスペンス映画を――兄のお薦めの作品のようだが――鑑賞していたときだった。

追っ手をまいた主人公が真っ暗な倉庫へ逃げ込み、これからどうするか決断を下そうとしたシーンで、エレナは兄たちに声をかけた。「ねえ、悪いけど、かかりつけのドクターに電話してもいい？」

ドクターに連絡をして状況を説明すると、来院を促された。

準備は万全だ。入院手続も事前にすませてある。あとは両親と姉に電話をかけ、病院へ向かうだけ。

母は直接病院に来るので、そこで会える。父は途中でコンドミニアムに寄り、あらかじめパッキングしておいた彼女のスーツケースを玄関脇のクローゼットから持ってきてくれるそうだ。姉はブラボー・リッジからなので少し遅れるらしい。家を出る前に生後二カ月の娘のセレナの世話もしたいから、とのことだった。

「でも、なるべく早く行くわ」姉は力強く言った。

義姉は赤ちゃんのハナが寝ているので家に残った。ケイレブは妹を愛車アウディＲ８に乗せ、病院へと急いだ。

文字どおり〝常識を吹っ飛ばす〟スピードで車は走った。だが考えてみればこれくらいがケイレブの通常速度なのかもしれないとエレナは思った。スピードメーターから意識的に目をそらし、タイヤがきしむ音も聞こえないふりを決め込んだ。

到着したのは、昨年父が心臓の手術を受けたシスターズ・オブ・マーシー病院だ。ケイレブは産婦人科棟の入口に車をつけた。

「ありがとう、兄さん」エレナはほほえんだ。

「先に降りてくれ。車を止めてくる」兄が言った。

「ええ」彼女はシートベルトの金具をはずしてドアラッチへ手を伸ばした。

だがドアを開ける前に、兄が彼女の腕をつかんだ。

「どうかした？」彼女は眉をひそめた。

兄の目に強い決意が表れていた。「あいつだってきっと知らせてほしいはずだ。知ったら出産に立ち会いたがるに決まっている。わかるだろう？」

エレナは急に涙があふれそうになり、必死にこらえた。「今はそんなことを話している暇はないの」

兄は腕を放そうとしなかった。「あいつに電話をさせてくれ。今ならまだ間に合うかもしれない」

「口を出さないと約束したでしょう？」

「頼む、エレナ。男には自分の子の出産に立ち会い、我が子が生まれる瞬間を見届ける権利があるんだ」

「でも……」またもや陣痛に襲われ、エレナはシートに座ったまま荒く息をついて乗りきった。痛みが引いたとき、兄が彼女の腕ではなく、手をしっかり握っていたことに気がついた。

「大丈夫かい？」兄が優しく尋ねた。

その問いかけが妹の体を気遣うものだったのか、それともローガンに連絡しても大丈夫かと念を押す言葉だったのか、彼女にはわからなかった。

たぶんどちらも少しずつ含まれていたのだろう。

エレナはちらりと外を見た。産婦人科棟の入口は両開きの二重ドアで、そこから母が出てきてこちらへ向かってきた。後ろからついてくるのは病院の職員だろうか。車椅子を押している。「母が来たわ。つき添ってもらって一緒に中に入るわね」

「よし、そっちは大丈夫だな。じゃあ、ぼくはローガンに連絡する。いいね？」

考えてみれば、兄の言うことにも一理ある。ローガンの性格なら、おそらく我が子の出産に立ち会いたがるだろう。「そうね。お願い」

兄はほほえんだ。

彼女は言ってすぐに、自分がとんでもないミスをしたのではないかと不安になった。ローガンは兄からの電話で、エレナが彼の子を妊娠しただけでなく、まさに今その子を産もうとしているのだと、いきなり知らされることになる。

やはり当初の計画どおりに、無事に出産を終えてから、あらためて連絡するべきだ。兄を盾に使うのではなく、わたしの口からじかに伝えなくては。

「ちょっと待って、兄さん。やっぱりだめ。こんなタイミングで連絡するのはやめて」

「そんなことを言っていたら、いつまで経《た》っても連絡できないよ、エレナ」

助手席側の窓をたたく音がした。母だ。エレナは窓を少し開けた。「ちょっと待ってて」

母も病院の職員も目をしばたたいた。「今すぐに降りてきなさい、エレナ。ドクターをお待たせしてはいけないわ」母が促した。

「ああもう、わかったわよ」エレナはドアを開け、外の敷石に足をついた。車椅子に乗り、振り返って兄に言った。「連絡はしないで。お願いだから」

「こうするのがいちばんいいんだよ、エレナ」兄はあいかわらずほほえんでいた。「心配しなくていい。きっとすべてうまくいくさ」

10

「やだもう、ローガンったら」デートの相手が彼のくだらないジョークを聞いて笑った。名前はポーリン。街で小さなコーヒーショップを経営している。妹のブレンダがニューヨークの大学へ行ってから、彼は朝のコーヒーをいつもその店で買っていた。

胸ポケットに入れた携帯電話が振動しはじめたが、ローガンは無視した。「デザートは何にする？　メニューを見てごらんよ」

「うーん、どうしようかな。迷っちゃう」

「ほら、悩んでいないで何か注文して。ぼくとシェアしてもいいから」

「ねえ、なんか音が鳴ってるけど。携帯？」

ローガンは苦笑いして言った。「〝無言の圧力〟というやつだな。もっとも音は鳴っているが」

「ふーん、じゃあ電話に出てあげたら？　あたしは別にいいから」

ポケットから携帯電話を出したが、すでに振動はやんでいた。画面に表示が残っている。

〝二件の着信がありました〟

履歴を見た。どちらもケイレブからだった。最初の電話は三十分前。そのときは自動応答のメッセージに対応させ、あとで聞けばいいと放置した。だが今回はさすがに不安になった。何か緊急の用件なのではないか？

画面が切り替わった。〝二件の新着ボイスメールがあります〟

エレナ。その名前がふと頭に浮かんだ。彼女に何かあったのでは？

ばかなことを考えるな。ケイレブはぼくと彼女の関係を知らない。エレナに何かあっても、わざわざぼくへ連絡をよこすはずがない。

いや、ひょっとすると彼女がケイレブに頼んだという可能性も……。

「ちょっとちょっと、すごい顔になってるわよ？」

ポーリンが言った。

彼は顔を上げ、無理に笑顔をつくろうとした。

「折り返し連絡してみれば？　誰だか知らないけど。何かチョコレート系のデザートを注文しておくわ」

ポーリンはウエイターに合図をした。「スプーンは二つでいい？」

「よろしく」

ローガンは席を立ち、レストランの外へ出た。廊下を進むとレストルームの手前に公衆電話があり、彼はそこにあったスツールに腰をおろしてケイレブに電話をかけた。

呼び出し音が鳴るか鳴らないかのうちに彼が出た。

「ローガン、おまえか？　やっと連絡してくれたな。遅すぎるぞ」疲れといらだちが入り交じった声だ。怒りすら感じられた。

「ケイレブ、いったいどうした？」

「話すから、その前にまずちゃんと何かに座れ」

「聞いたら腰を抜かすほどの知らせかい？　怖いな。いったいなんだ？」

「エレナの件だ」

とたんにローガンの脚から力が抜けた。まず座れ、とあらかじめ促したケイレブは正しかったわけだ。

「エレナ？　なんのことだ？」

「とぼけるのはよせ。ぼくが気づかないとでも思ったのか？」

やはりエレナに手を出したことがばれたらしい。本気で怒っているようだ。

それはローガンも理解できた。「一発殴らせろと言うのなら、いつでも受けて立とう。だがまた別の日にしてくれ。今はちょうど——」

「とにかく早く来い。飛行機でもなんでも使って、さっさとサンアントニオへ来るんだ」

ローガンは反論しなかった。「わかった。明日の朝、いちばんの便で向かう」

「明日じゃだめだ。今すぐ来い。今夜中に」

ローガンは大きく息をついた。「さすがにそれは無理だよ、ケイレ——」

「四の五の言わずに、とっとと来い。シスターズ・オブ・マーシー病院だ。いいな？」

心臓が喉元まで跳ねあがった。エレナが病院に？

「おい、どういうことだ？　エレナにいったい何が——」

「じゃあ、わかるように言ってやる。おまえの息子が生まれる瞬間に立ち会いたければ、今夜中にここへ来たほうがいいぞと忠告しているんだ」

・

ローガンは席へ戻り、チョコレートケーキを食べていたポーリンにあやまってから一緒に店を出た。そのあと彼女を車で自宅まで送った。スピードを落としてくれと二度ほどポーリンに言われたが、彼はかまわずに走りつづけた。

自宅に着くと、ポーリンはそそくさと車を降りた。

「ねえ、コーヒーでも飲んでいかない？」

「おやすみ、ポーリン。今夜は本当にすまなかった。悪いが、ここで失礼するよ」彼はそれだけ言った。

ポーリンが玄関前のステップを上がり、家の中に入るのを見届けてからギアを入れ、車を急発進させ、空港に向けてまっしぐらに走った。

幸運にも二十二時三十分発の便に空席があった。サンアントニオ行きの最終便だ。フライト時間は約一時間だったが、まるで一生みたいに感じた。

エレナが妊娠した。

信じられなかった。ピルをのんでいると言っていたのに。避妊具も忘れずに使った。ただし、初めてのときだけは最後にはずれてしまったが。

ローガンは彼女をよく知っていた。こんなことで嘘《うそ》をつく女性ではない。エレナが言うのなら父親が自分なのは間違いなかった。

エレナがぼくの子を妊娠していた。なんとも不思議な気分だ。

これまで幾度となく、彼女に連絡しようとしては考え直してやめた。一度でもいいから電話しておくべきだった。そうしていれば、事態がここまで進む前に打ち明けてもらえたかもしれない。

こうして息子が生まれる瞬間になんとか間に合うように、時間との闘いを繰り広げることもなかったかもしれないのだ。

妊娠しても、ぼくに連絡せずに産んで大丈夫だとエレナは思ったのか？　迷惑はかけないとあのとき約束したから？　たったそれだけの理由で？

だとしたら納得できない。子どもができたのなら、そんな約束は即座に反故《ほご》にされるに決まっている。なぜ彼女はそのことに気づかなかったんだ？

サンアントニオ空港に到着し、レンタカーの受付デスクでもう一度ケイレブに電話した。「さっきの電話で、息子だと言ったな？」

「ああ。何カ月か前の定期健診のとき、超音波検査を受けてわかったらしい」

「それで、ぼくの息子はもう生まれたのか？」

「今どこだ？」

「サンアントニオ空港。レンタカーを待っている」

ケイレブがしぶしぶ答えた。「まだらしい」

「すぐに行く」

「何分で着く？」

「三十分」

「わかった。産婦人科棟の入口で待っている」

産婦人科棟の入口の横にあるベンチに、ケイレブが座っているのが見えた。ローガンが車で乗りつけると、ケイレブは立ちあがって車の運転席側に回り込んだ。

ローガンは車のドアを開けた。「彼女は？」

「分娩室《ぶんべんしつ》へ連れていかれた。そろそろ始まるはずだ。看護師に父親がこちらに向かっていると伝えてある。スタッフが待っているから中へ入れてもらえ。そうすれば出産に立ち会える……おい、しっかりしろ！　呆《ほう》けていないで降りてこい！」

ローガンはぶるっと体を震わせた。「車を止めてこないと……」

「時間がない。こっちはぼくがやるから、おまえはさっさと行け」

ローガンは車を降り、代わりにケイレブが運転席に乗り込んでドアを閉め、走り去った。

本当にこれは現実なのか？　いや、きっと夢に違いない。ローガンはガラスの二重ドアへふらふらと向かいながらそんなことを考えた。

産婦人科の待合室に入ると、エレナの父親、ハビエル・カブレラが椅子に座っていた。九カ月前とは打って変わって顔色がいいが、表情は深刻だった。ルーク・ブラボーもその場にいた。つまり彼らの妻、ルースとマーシーが分娩室でエレナにつき添っているのだとローガンは思った。

ハビエルとルークが立ちあがり、こちらへ来た。ケイレブと同じく、腹を立てているのかと思ったが、どうやらそうではなさそうだ。差し出された二人の手をローガンはぎゅっと握った。

「間に合ってよかった」ルーク・ブラボーが言った。それが本心からの言葉なのは、声からも伝わった。エレナの父親は無言でローガンの背中をたたいた。

受付にいた女性スタッフがローガンに声をかけた。

「ミスター・マードックでしょうか？」

「はい」

「こちらのガウンを着用してください」

分娩室にローガンが入ってきたことに、エレナは初めは気がつかなかった。

分娩台の片方に母が、反対側にはマーシーがいて、かかりつけの産婦人科医、ドクター・アミーナ・サンキーは彼女の開いた両脚のあいだにいた。室内の明かりは限られ、誰もが平静を保ち、出産が円滑に進むように努力していた。

誰かの手が優しくふれるのを感じた。汗ばんだ首の横をそっとさすり、肩を撫《な》でる。息を吸って、と穏やかな声で促す。エレナは苦痛の真っ只中《ただなか》にいた。今すぐ下腹に力を込め、息子を無事に産み落としたくてたまらなかった。そうして一刻も早く我が子をこの手に抱きたかった。

ところがドクター・サンキーはさっきからずっと、〝まだですよ、まだいきまないでください〟と言いつづけている……。

エレナはうめき声をあげて言った。「もう無理。これ以上我慢できない」

「だめよ、エレナ。ドクターの指示をよく聞いて、もう少し待ってちょうだい。まだだめよ……」母が彼女をなだめた。

エレナはふたたび大きなうめき声を長々とあげた。我ながらぞっとした。まるで蹄葉炎《ていようえん》にかかって激痛にあえぐ雌牛の鳴き声ではないか。これでは人間としての尊厳も何もあったものではないと思った。

とはいえ女性らしいしとやかさはとっくに捨てていた。今は自分の声が他人にどう聞こえようが気にならないし、どんな格好を見られてもかまわない。とにかく、早くいきみたくてしかたがなかった。

しかしドクターの指示は同じだった。「まだです、あともうちょっと……」

エレナはまたもや雌牛さながらのうめき声をあげ、声を出し終えたところで頭をぐったりと台に戻して、ふとドアのほうへ目を向けた。

病院のガウンを着たローガンがそこに立っていた。

「ローガン？」しわがれた声でエレナはつぶやき、信じられないといった表情を浮かべた。

ローガンがいる。分娩室のドアの前に。幻覚を見ているのかしら？

エレナは目をしばたたいた。

あらためてじっくり見ても、彼はまだそこにいた。そしてこちらへ近づいてきた。

「来てくれたのね、ローガン」姉が穏やかに言った。

もう間違いない。確かにここにいるのだ。近づいた彼に姉が目配せをして、自分の場所を譲った。

分娩台に乗せられたエレナの頭のすぐ隣に、ローガンが立った。エレナはどういうわけか、彼の顔をまともに見られず、ローガンが身につけた病院の青いガウンの前身頃にじっと視線を注ぐだけだった。激しい産みの苦しみに直面している今、この気持ちをどう表現したらいいのかわからなかった。こんな形で彼を息子と対面させる予定ではなかったのに。

エレナは勇気を振り絞って視線を上げ、彼の目を見た。「それで……」荒い息をつきながら言った。「ケイレブから……電話を？」

彼は黙ってうなずいた。

エレナの手を握っていた姉が、その手をローガンに渡した。彼の大きな手がエレナの華奢《きゃしゃ》な手を包み、指と指が絡み合った瞬間、エレナの体がふわりと軽くなった。あたかもローガンが腕を伸ばし、彼女が知らないうちに抱えていた心の重荷をすべて払いのけてくれたように。

急に喜びが胸に込みあげるのを感じた。彼がここへ来てくれたことが、たまらなくうれしかった。

ローガンは手を固く握ったまま、ようやく彼女に話しかけた。産婦人科棟の前で車から降りたときに、兄のケイレブから言われたのとほとんど同じ言葉で。

「心配しなくてもいい。きっとすべてうまくいく」

本当にうまくいくのかしら？

当事者のエレナは半信半疑だった。なんにしても、今の時点でこの言葉をローガンの口から聞けたのは、とてもうれしかった。

そしてついに、ドクター・サンキーが言った。

「はい、もういいでしょう。いきみたくなったら、いつでもお腹《なか》に力を入れて、いきんでください」

エレナはそのとおりにした。目をぎゅっと閉じ、ローガンの姿と周囲のすべてを視界から消し去り、生まれてくる我が子のことだけに意識を集中させた。我が子がこの世界へやってくるために、母親として自分がするべきことだけに全力を注いだ。

深く息を吸い、下腹に力を込めて――。

赤ちゃんの頭が出てきた。ドクターからもう一度いきむように指示があった。

すぐに大きく息を吸い、ふたたびいきんだ。

「よし、肩が出てきました。いいですよ。ここまで来れば……」エレナはぜいぜいと息をつきながら、ドクターの声を聞いていた。

そして産道を通った赤ちゃんの全身が、するりといっきに出てきたのを感じた。

ドクター・サンキーが赤ちゃんの体をしっかりと受け止めた。エレナの息子は、まるでかんしゃくを起こしたみたいに大きな産声をあげた。エレナは壁の時計をちらりと見た。

午前一時三十二分。日付は二月十一日に変わっている。たった今、我が子がこの世に生まれたのだ。

今日という日は、エレナにとってこの先一生、特別なものになるに違いない。

「男の子です。体が大きいですね」ドクターの声が聞こえた。

「あらまあ、なんて元気いっぱいなの！」母の声がした。「泣き声を聞いただけでわかるわ」

「本当にかわいい！」姉も感激して叫んでいる。

エレナは思わず両腕を伸ばして訴えた。「お願い。赤ちゃんを抱かせて」

「もちろんですよ。どうぞ」ドクター・サンキーが赤ちゃんを彼女に渡し、エレナは分娩台に寝たまま、お腹の上で息子を抱えた。まだ臍《へそ》の緒もついている。

母親に抱っこされたとたんに、息子は泣きやんだ。エレナの目から涙があふれ、彼女のこめかみを伝い、汗まみれになった髪をさらにぬらした。

「ようこそ」エレナは息子にささやいた。「ママのところに来てくれて、本当にうれしいわ」

ローガンがエレナに顔を寄せた。彼の温かな息がこめかみにかかるのが感じられた。ローガンが息子の握りしめた小さな赤い拳にふれた瞬間、赤ん坊がぱっと手を開き、彼の指をむんずと握った。小さな五本の指が、ローガンの大きな指をつかんでいる。

「これはぼくの希望だが……」ローガンが言った。

「名前を……この子の名前を、父にちなんだものにしてもいいだろうか。きみさえよければ」そして亡くなった父親の名前を懐かしそうに口にするのを、エレナは聞いた。

なんだか奇妙な気分だ。ローガンが今ここに来ている――何カ月ものあいだ、ずっと離れ離れの生活を続けたあとで。だが今この瞬間に彼がそばにいることにまったく問題はないとエレナは思った。

ローガンがここにいる。ここにいて当然なのだ。彼女はそう思った。

エレナは涙で喉を詰まらせながら、ようやく彼に言った。「マイケル……とてもすてきな名前だわ。この子にぴったりね。ミドルネームはわたしの希望を言ってもいい？　ハビエルにしたいの」

11

二時間後、両親と姉夫婦、そして兄のケイレブはそれぞれの家へ帰っていった。

エレナと息子は看護師に案内されて病室へ移った。部屋にはベッドが二台あるが、仕切りのカーテンはない。ここで別の親子と部屋を共用するのかと彼女はいぶかしんだ。

「もう一つのベッドは赤ちゃんのお父さん用です」看護師が空のベッドをじっと見つめるエレナに気がついて言った。「すぐ戻ると伝えてくれとご主人がおっしゃっていました。ドラッグストアで買いたいものがあるそうです」

彼は夫ではないんだけど、とエレナは思ったが、それを口にしたりはしなかった。ローガンはここでわたしや赤ちゃんと一緒に泊まる気なの？　はたして自分はその心の準備ができているのか、エレナは確信が持てなかった。

五月にローガンと別れたときは、彼の人となりを充分に理解したつもりだった。それこそ家族と同じくらいになんでも知っていると思った。ローガンが彼女の魂の一部になり、体の中にいるみたいな気分だった。

少なくとも、エレナ自身はそう信じていた。けれども、これだけの月日が経《た》ってしまうと……。今のローガンのことを彼女は何も知らない。彼が息子の出産に立ち会うために来てくれたのは素直にうれしかったが、同じ部屋で寝起きするとなると、考えただけで落ち着かなくなった。

看護師は入院中の過ごし方についても説明した。「退院されるまでずっと赤ちゃんを手元に置かれてもいいですけれど、疲れてしまったときはいつでもこちらの保育室でお預かりしますよ。お好きなだけ赤ちゃんと過ごしたり、赤ちゃんを預けて休んだりしてくださいね」

息子をちらりと見ると、天使のような寝顔ですやすやと眠っている。エレナは新生児用ベッドの端に手を添え、我が子の小さな顔を見つめてほほえんだ。

「どうもありがとう。休みたくなったら、そちらに連絡しますね」

「はい、いつでもどうぞ。くれぐれも無理はしないでください」

「ええ、気をつけます」

看護師はそっと部屋を出ていった。スライド式のドアはほんの少しだけ開けてあった。

エレナは明かりを消して横になった。彼女のすぐ隣で息子が寝息をたてている。ローガンが戻るまで、あとどれくらいかかるのだろう。エレナはあくびをした。

全身の筋肉がずきずきしていた。今までに一度も意識したことのない場所にまで痛みを感じた。疲れすぎて目を開けていられない。

看護師が部屋を出ていって数分もしないうちに、彼女はぐっすり眠っていた。

ローガンは歯ブラシに歯磨き粉、シェービングクリームと髭《ひげ》剃《そ》り用のカミソリなどの装備を詰めた袋を持って病室へ向かった。わずかに開いたドアからのぞくと、中は暗かった。

そして、しんと静まり返っていた。

彼は慎重に、エレナと赤ん坊を起こさないように体がぎりぎり通るくらいまでドアを開け、部屋へ入った。それからまたドアを少し開けた状態で止めてストッパーをかけた。

エレナも息子のマイケルも寝ているらしい。

彼はドアのそばに立ち、静かな寝息にじっと耳を澄ました。女性と赤ん坊の寝息に。

靴を脱いで抜き足差し足でバスルームへ向かい、音をたてずにドアを閉め、手と顔を洗って歯を磨き、ふたたび忍び足で部屋へ戻った。

部屋には大人用のベッドが二台あり、片方でエレナが眠っていて、もう片方は空だった。新生児用のベッドがそのあいだに置いてある。ローガンは爪先歩きで小さなベッドへ近づき、あらためて赤ん坊をじっくり観察した。

マイケル・ハビエル・マードック――ぼくの息子。生まれたてで目は腫れぼったく、顔もしわくちゃだったが、それでも明らかにマードック家の特徴を備えていた。体が大きく、いかにも健康的だ。すぐにでも世界に立ち向かえそうな頼もしさを感じる。

この子を見れば、父はさぞ誇りに思うに違いない。だが父が自分の名前を継いだ初孫に会い、その腕で抱くことは決してない。それがつくづく残念だ。

エレナや息子を起こしてしまうといけないので、心の中で我が子に話しかけた――やあ、マイケル。これからは、ぼくがきみとママを守るからね。心配なんかしないで元気に育つんだぞ。

〝あと数年は家庭に縛られたくないんじゃなかったのか？〟心の声がささやいた。

いいさ。これもまた人生だ。男なら自分のすべきことをするまでだ。正しい行いをすれば、何かしら得るものがあるはずだ。

ローガンはベッドで眠るエレナをちらりと見た。顔をそむけた格好で横になっている。顎のラインや細い喉のラインが暗がりでほのかに輝いて見えた。この女性をあきらめたときは本当につらかった。しかしその苦しみも今日で終わった。

人生は理不尽だ。だがそれを補ってくれるものが必ず用意されている。

誰かの泣き声が聞こえる。

エレナは深い眠りの淵《ふち》から無理やり意識を呼び起こした。

赤ちゃんの声だわ。マイケル。あの子の名前。

あの子が泣いている……。

目を開けて息子のいるベッドのほうへ顔を向けた。

ベッドは空っぽだった。

驚いて飛び起きた拍子に全身の筋肉がいっせいに悲鳴をあげ、エレナは思わずうめき声をもらした。

「わたしの赤ちゃん……」

「大丈夫」誰かがささやいた。ローガンの声だ。

「ここにいるよ」彼は暗がりから出てきた。見ると、ぐずって泣きわめくマイケルを腕に抱えている。

「こっちへ」エレナは両腕を伸ばした。

ローガンは赤ん坊を彼女に渡した。エレナは着ていたガウンをずらしてマイケルに乳首を含ませた。マイケルはすぐにむしゃぶりついた。

エレナは息子にほほえみかけ、小さなベビー帽子をかぶった頭を愛《いと》おしげにとんとんとたたいた。

「自分に何が必要なのかをちゃんと理解している、ということだな」彼女を見下ろしながらローガンが言った。「うん、いかにもマードック家の男らしい執着ぶりだ」

胸をあらわにしているのが急に恥ずかしくなり、エレナはガウンの前を直し、胸を半分隠して訊《き》いた。

「今、何時？」

「まもなく朝の七時だ。もう少し寝かせておこうと思ったんだが」

ずっと顔をそむけているのも変だと思い、エレナは彼に顔を向けた。夜明け前の薄暗がりの中でも、ローガンが疲れた顔をしているのがよくわかった。

「あなたこそ、ベッドで休んだら？」

ローガンは彼女の顔をしげしげと見て言った。

「いいよ。よければこっちでまた引き受けるから。その……マイケルが満足したら、すぐに」

　彼女は首を振った。「どうせじきに寝てしまうわ。だから大丈夫。赤ちゃんってそういうものだもの。泣いて、おっぱいを飲んで、寝てを繰り返すだけ」

　ローガンは何も言わず、じっと彼女を見つめた。何を考えているのだろう。だがこの場で問いかけるのはよくない気がした。

　わたしは彼と話し合わなければいけない。それは自分でも理解している。

　でも今はだめ。お願いだから、このタイミングで議論を持ちかけないで。

　やがてローガンが言った。「わかった。それならいい。何かあれば遠慮なく声をかけてくれ。ぼくはここにいるから」

〝助かるわ。でもこの九カ月間はどこにいたの？〟

　ちくりと刺すような言葉がふと心に浮かび、彼女はあわてて打ち消した。ローガンに罪はない。そもそもこちらが連絡をしていなかったのだから、彼を責めるのは理不尽だ。

　ローガンは空のベッドに服を着たまま横になり、窓のほうへ――つまりエレナに背を向けて寝返りを打った。

　彼女はほっとした。マイケルが胸から顔を離し、わずかにむずかった。すぐに反対側の胸へ移すと、ふたたび黙々と乳首を吸いはじめた。ただし母乳を飲んでいるわけではない。彼女の体が母乳を出せる状態になるまで、あと数日はかかるはずだ。どうやら今は母親の乳首に吸いつくことで安心するらしい。数分も経つと、またすやすやと寝てしまった。

　エレナは眠ったマイケルをそろりそろりと新生児用のベッドへ戻した。息子は起きなかった。

　彼女は胸を撫《な》でおろし、自分もベッドに横になり、マイケルともう一つのベッドで寝ている男性に背を向けて、目を閉じた。

そしてゆっくりと眠りに落ちた。

目が覚めると、窓から明るい光が差し込んでいた。壁の時計を見ると一時間しか経っていない。誰かが運んでくれた朝食のトレイが置いてあった。彼女のトレイだけでなく、ローガンの分も用意されていた。彼はすでにベッドに起きあがり、片方の手だけを使って器用に食事をとっている。反対側の腕にはマイケルを抱えていた。

ローガンが彼女にほほえみかけた。「食欲は？」

「先にシャワーを浴びたいわ」

「手伝おうか？」

「大丈夫。一人でできるから」エレナは痛みに耐えつつ体を起こし、床に足をついた。

シャワーは最高に気持ちがよかった。ところが体を拭き、新しい肌着を身につけてガウンを羽織り直した時点で力尽きてしまい、ぬれた髪を乾かすのがどうにも億劫《おっくう》になった。

鏡に映る自分の顔を見て、あまりの憔悴《しょうすい》ぶりにうんざりして思わずうめき声をあげた。

可能な限りタオルで髪の水気を取り、疲れきった足取りでバスルームを出た。

「バスタブで溺れたんじゃないかと、心配しはじめたところだった」ローガンがからかうように言った。朝食をすでに終え、マイケルも新生児用のベッドに寝かせていた。

「おかげさまで、さっぱりしたわ」彼女は弱々しく言った。「あとは一週間ほどひたすら眠らせてもらえれば最高なんだけど」

「好きなだけ寝ていいよ。ぼくはここにいるから」

〝ぼくはここにいるから〟。さっきも同じことを口にしたわ。どう解釈したらいい？　いつまでここにいてくれるの？

思いきって尋ねるべきだ。だが訊いたら話し合いが始まってしまう。それはぎりぎりまで避けたい。わたしってどうしようもない臆病者ね。でも今は疲れすぎて何も考えたくない。

ベッドに上がるのはおりるよりも大変だったが、なんとかできた。彼女は生ぬるくなった朝食を少しだけ、無理やり口へ運んだ。

ローガンはエレナを一人にしてくれた。今は彼と話をしたくないのだと察してくれたらしい。

エレナは食事のトレイを脇へどけて、あらためてベッドに横になり、ブランケットを引きあげて目を閉じた。

目が覚めると昼の十一時だった。ローガンは椅子に座って携帯電話を操作している。新生児用ベッドに赤ちゃんの姿はなかった。

「マイケルは？」

ローガンは携帯電話をポケットにしまった。「看護師が連れていったよ。体重測定と……あとはなんだったかな？　とにかく必要な検査をするとかで」

「ドクター・サンキーは？　ここへ来た？」

「まだ見ていない。でも、きみのご両親ならさっき来られたところだ」

「エレナ……」ドアの隙間から母が顔をのぞかせた。

母の声を聞いて、彼女はほっとした。これでもう、ローガンと二人きりにならずにすむ。エレナは母のほうへ手を伸ばした。

母が病室へ入ってきた。続いて父のハビエルも。

両親はベビーシートを持ってきてくれた。エレナは今日にでも赤ちゃんと退院できるかもしれないと期待した。両親が一時間ほど部屋にいたあいだに昼食が出て、看護師がマイケルを連れて戻ってきた。ドクター・サンキーが病室へ来るのは、午後遅くになるとのことだった。

両親が帰ると、次に姉のマーシーがやってきた。エレナに顔を寄せ、ローガンと一緒にいて気まずくなったりしていないかと尋ねた。エレナは〝大丈夫、うまくやっている〟と答えておいた。

姉が帰ると、今度は兄のケイレブが妻のイリーナを連れて病室を訪れた。兄夫婦はエレナたちにおめでとうを言い、赤ちゃんをほめちぎって帰った。

そして最後に、デイビス・ブラボーが来た。とんでもなく大きなブルーのテディベアを抱えていた。座った状態でも一メートル近くありそうだ。部屋の主だった場所はすでにお祝いの花で埋め尽くされていたので、デイビスはぬいぐるみをローガンに渡し、エレナの頬にキスして、孫を抱きあげた。ローガンがこの部屋にいるのを見てもいっこうに驚いた様子を見せなかったのは、おそらくここへ来る前に、家族の誰かから、新たに生まれた孫の父親はローガンだと聞かされていたのだろう。

デイビスが帰ったとき、時計は午後二時を回っていた。そろそろドクター・サンキーが病室に来てもおかしくない時間だった。

ローガンはエレナと話をしたがっている様子だ。彼女は隣のベッドをちらりと見て、息子が寝ていることを確認してから、ドクターが来るまで仮眠を取ると宣言してブランケットにくるまり、目を閉じた。そして五時十五分にドクター・サンキーが彼女の病室を訪れるまで、ずっと目を開けなかった。

ドクターはエレナとマイケルをそれぞれ診察して、どちらも健康状態に問題はないと言った。それでも、明日の朝までは入院するようにと指示された。

そういうわけでエレナはもう一晩、病室で過ごすことが決まった。

どうやらローガンも泊まる気でいるようだ。

ドクターが帰り、夕食が出た。病棟のスタッフがトレイを下げると、ローガンはジャケットを取ってエレナに言った。「ちょっと行って、着替えのシャツや靴下を買ってくる。二時間ほどで帰るよ」

今夜は泊まらなくてもいいと伝えるには、最適なタイミングだとエレナは思った。「ローガン……」

「うん？」彼は動きを止めた。

「昨夜は病院に駆けつけてくれて本当にありがとう。だけどわたしはもう大丈夫。マイケルもなんの問題もないと言われたし、ダラスへ戻る必要があるなら、帰ってもらってかまわないわ。あなたにはあなたの生活があるのだから。ここに残らないといけないと思わせるのは、あまりにも心苦しいの」

「ぼくは自分がここにいたいから、残っているだけだよ」彼はジャケットを着ながら言った。

「嘘《うそ》よ。それはありえない」

するとローガンは彼女が恐れていた言葉をついに発した。「そろそろ先延ばしにするのも限界だな。話をさせてくれ」

「えっ、そんな……そのうちに一度、あなたと相談する必要があるのはわかっていたけど――」

「そのうちじゃだめだ。今でないと。まず最初に、なぜきみではなくケイレブが連絡をくれたんだ？」

「わたしは自分であなたに連絡したいと思っていた。誓ってもいいわ」

「ほう？」ローガンは信じていない様子だった。

「赤ちゃんが生まれるまで待つつもりだったのよ」

いったん説明を始めると、もはや止まらなかった。

「あなたになるべく長く自由を満喫してほしかった。生まれてもいない子どものことにかかずらう必要はないから。あと、あれだけ念入りに避妊をしたのになぜ妊娠したのか疑問に思っているでしょうね。実は父が心臓の手術を受けた日の翌朝、一日だけピルをのみ忘れたのよ。だけど避妊具を使えば大丈夫だと思って、だからわたし……」彼女は小さなうめき声をあげた。「ごめんなさい。本当にごめんなさい。

こんなことになってしまって」

沈黙が広がり、ローガンは無言のまま立っていた。エレナが顔を上げて彼と目を合わせると、ローガンは首を静かに横に振った。

彼はたった今着たばかりのジャケットを脱ぐと、そばの椅子に放り投げて彼女のベッドへ歩み寄った。

そしてエレナの隣に座って言った。「いいんだ。もういい」優しい声だった。「きみを責めたかったわけではない。前へ進むことを考えよう。マイケルの今後のためにも」

「マイケルの今後については、わたしも考えたわ。あなたも息子と過ごす時間がほしいでしょうけど、今はまだ小さいから母親のわたしが常にそばにいる必要がある。それはわかってくれるかしら？」彼が親権を争うと言いはじめたらどうしよう？　「この子がもう少し大きくなって離乳したら、そのときにあらためて二人で話を――」

ローガンは手をかざして彼女の言葉をさえぎった。

「きみはぼくという男を知っているだろう？　そんなやり方ではだめだ。自分のしたことの始末は自分でつける。責任逃れをするつもりはない。結婚しよう。それが最善の解決策だ」

結婚？　まさか。そんな安直に決めていいの？

「ローガン、わたしたちは九カ月以上も会っていなかったのよ？　一緒に過ごしたのはたった一週間で、確かにあのときはとても幸せだったけれど、それで結婚に踏みきるのはどうかと思うわ」

彼は態度を硬化させ、広い肩をいからせて言った。

「こうしてマイケルが生まれたことを考慮すると、とりあえずは充分だ。ぼくたちは……その、相性がよかった。少なくともぼくはそう思う」

「それはわたしも同感だけど、でも――」

「絶対にうまくいく。今にわかるよ」

彼女はローガンとの結婚を望んでいた。結婚し、いい家庭を築く努力をすれば、いずれすべてが丸く収まって幸せになれるに違いないと信じたかった。その点では彼に共感できた。

でも、もしうまくいかなかったら？

彼とのあいだに対立や混乱が生じて離婚されたりしたら、初めから結婚しなかったほうがずっとましだったと思うのではないかしら？

「ローガン」エレナは穏やかな声で慎重に言った。「あなたは昨日この子のことを知るまで、ダラスでなんの不満もなく自由に生きていた。そうよね？その証拠に、一度も電話をしてこなかった」

彼が髪をかきあげた。「電話をしなかったのは、きみも同じだろう」

「半分正解で、半分不正解よ。わたしにはちゃんとした理由があった。あなたを自由にすると自分から申し出たのだから、こちらから連絡するのは避けたかっただけ。だけど、あなたは違う。電話したければいつでもできたわ」

「誰が電話をしたとかしなかったとか、そんな話はどうだっていいんじゃないか？」

「いいえ。わたしにはそこが重要なの」

「あのときとは事情がすっかり変わってしまった。きみもマイケルのことを第一に考えるべきだ」

「もちろん、これ以上ないくらいにこの子のことを考えているわ」

ローガンは不満そうに鼻を鳴らした。「それならとっくにイエスと答えているはずだ。マイケルのことを本当に考えていたのなら、妊娠したとわかったその日に連絡をよこしたんじゃないか？」

エレナは彼の顔を見上げた。「わたしに腹を立てているのね。妊娠をすぐに報告しなかったから」

「そんなことは言っていない」ローガンはそっぽを向いた。

「いいえ、言ったも同然よ。結婚の話をする前に、解決しておくべき問題はほかにもある。それを後回しにして結婚の話をするのは、あまりにも性急すぎるわ」

「ぼくに言わせれば、むしろ遅すぎるくらいだが」

彼はぼやいた。

エレナは言い返しかけたが、言葉をのみ込んだ。ローガンが今の状況に多少いらだちを示しても、やむをえないと思った。そもそも彼を責めるつもりなどさらさらなかった。

エレナはおずおずと彼に手を差しのべた。ローガンがその手を握った。和解の見込みがまったくないわけでもなさそうだ。

「わたしたちには時間が必要なのよ。結婚するのが嫌だとは言っていないわ。ただ、よく考える時間がほしいの」

「どのくらい？」

「ローガン、お願いだから急《せ》かさないで」

彼はエレナの手を放した。「ぼくは今すぐにでも結婚したいし、きみとマイケルをダラスに連れて帰りたい。それが無理なら、せめて返事をくれるのがいつになるかだけでも教えてほしい」

ちょうどそのとき、隣の新生児用ベッドで眠っていたマイケルがぐずりはじめた。エレナはベッドに手を伸ばして息子を抱きあげた。

ローガンは立ちあがった。「必要なものを買ってくる。続きはまたあとで」

エレナが息子を肩に抱きかかえると、マイケルは母親の耳元で小さな泣き声をあげた。「ローガン、わたし――」

「話は戻ってからだ」彼は振り返り、ジャケットを取って病室を出ていった。

〈ディラーズ〉のメンズウエア売場のレジで支払いをしていたとき、ローガンの携帯電話が鳴った。

彼は店員からショッピングバッグを受け取ると、電話に出た。「やあ、ケイレブ」

「話がある」

いずれはこの時が来ることをローガンは予想していた。「聞こう」

「今、病院か？」

「いや、ショッピングモールにいる。買いたいものがいくつかあってね。何しろダラスから着の身着のままで飛んできたから」

「エレナと赤ん坊は？」

「二人とも元気だ。明日の朝には退院できるらしい。今、家かい？　帰りに寄ってもいいか？」

「ああ、待っているよ」

　ショッピングモールからケイレブの自宅までは十キロもなかったので、車で八分しかかからなかった。

　ケイレブは玄関前のステップに座っていた。

　車を降りて歩いてくるローガンを見て、ケイレブは立ちあがった。「早かったな」

「まあな、さっさと終わらせよう。イリーナは？」

「赤ん坊を連れて、ゲイブとメアリーの家へ遊びに行った」ゲイブはブラボー家の次男で、ケイレブやルークの兄に当たる。妻のメアリーはイリーナと仲がよかった。「あと一、二時間は帰ってこないよ」

「そうか」ローガンはそっけなく言った。

「何か飲むかい？」

「せっかくだし、いただこう」

　二人は居間へ入り、ケイレブはスコッチの水割りのグラスを二つ用意した。一つをローガンへ渡し、自分のグラスを掲げた。「父性愛に乾杯」

　ローガンは彼とグラスを合わせ、一口飲んだ。

「ぼくを殴るなら、この立派なクリスタルグラスを置くまで待ってくれよ、ケイレブ」

「座ってくれ」彼はウィングチェアを勧めた。

　二人は椅子に座り、スコッチをちびちび飲んだ。

しばらくしてケイレブが言った。「エレナは昨年、勤め先から休暇をもらい、秋に新学期が始まっても復職せずに辞めた。それは聞いたか？」

「いや、初耳だ」

「そのあとゲイブの事務所に雇われた。彼のアシスタントとして法務調査なども手がけたらしい」ゲイブ・ブラボーは弁護士で、ブラボー社の法律顧問を務めていた。「結局、教職は自分に向いていないと悟ったみたいだ。いずれはロースクールに通い、法律の学位を取得したいと希望している」

「だが、赤ん坊はどうする？」

「一族全員が彼女の味方だ」ケイレブは〝一族〟をさりげなく強調して言った。ローガンは部外者だと言いたいのだろうか？「エレナが学位を取りたいのなら、一族総出で――ブラボー家とカブレラ家が持てる力のすべてを使って彼女をサポートし、望みを叶《かな》えてやるつもりだ」

ローガンは感情を交えない声で言った。「最初の話と同じく、その辺りの事情についても彼女からはいっさい聞かされていない」

ケイレブはグラスをじっと見た。「おまえは事態を知ってすぐに飛行機で駆けつけ、それからずっと妹のそばにつきっきりだった。今さら一発殴らせろとは言わないよ」

「助かった、と胸を撫でおろすべき場面かな？」

「それで？　どうする？」

「なんのことだ？」

ケイレブはスコッチを飲んだ。「とぼけるな」

ローガンは肩をすくめた。「結婚を申し込んだ」

「だろうな。いつ？」

「一時間前に。考えさせてくれと言われた」

「考える？　なぜ？」

「彼女がそう言ったんだ。理由は知らん」

「返事はいつもらえる？」

「尋ねたが、教えてくれなかったよ。急かさないでくれと言われた」

　ケイレブはグラスを置いた。「おまえ、何かやらかしたんじゃないか？　そうだろう？」

　ここで否定しても意味がないとローガンは思った。

「ああ、そうさ。ぼくはエレナが何カ月も前に連絡をよこさなかったことに腹を立てて――待てよ？　おまえこそ、なぜもっと早く連絡しなかった？」

「ぼくがわざと連絡しなかったと疑っているのか？　せめて赤ん坊ができたことをおまえに知らせるべきだとエレナにしつこく訴えたせいで、二カ月も口を利いてもらえなかったんだぞ？　ぼくは妹を心から愛している。イリーナの次に愛しい存在だ。そのエレナに目の敵にされたんだ。本当につらかった」

「疑って悪かった。情けない話だが、きっとぼくも知らないうちに彼女への不満を顔に出してしまっていたんだろうな」ローガンはつぶやいた。

　ケイレブは身じろぎもせずに言った。「要するにエレナと結婚なんかしたくないということか？」

「ばかを言うな。結婚したいに決まっているだろう。ぼくの子を産んでくれたんだぞ？」

　ケイレブはふたたびグラスを取り、なぜかそれをまたテーブルに戻した。「エレナに〝愛している〟とちゃんと言ったんだろうな？」

　ローガンは答えなかった。ただ咳払《せきばら》いして視線をそらした。

「言っていないのか」ケイレブは抑揚のない声でつぶやいた。

「ああ、図星だよ。おかげで何もかもだいなしだ。それくらい自分でもわかっている」

「で、なんとかして事態を丸く収めたいと」

「やり方はいくらだってあると言いたげだな。何か秘策を知っているのか？　本当にそんなものがあればの話だが」皮肉めいた言い方だったが、言葉とは裏腹にローガンは身を乗り出していた。

「秘策というほどのものじゃないが、妹のことならなんでも知っているからな。エレナの口からイエスという言葉を手っ取り早く引き出す方法には、心当たりがある」

「教えてくれ」

ケイレブも身を乗り出して言った。「よく聞けよ。一回しか言わないから。やるべきことがわかったら、イリーナが戻る前にここを出るんだ。おまえが来ていたとイリーナが知れば、十中八九エレナにも話すだろう。ぼくは妹を怒らせるのは二度とごめんだ。言っておくが、万が一ばれたら、エレナにかなりの顰蹙《ひんしゅく》を買うと思って間違いないぞ」

「女とは、厄介な存在だな」ローガンは首を振った。

「まさにそのとおり。女は自分がほしい言葉を男に期待する。そのくせ、男たちがみずからその言葉を考えついたと信じたがるのさ」

12

エレナはふと目を覚ました。

目の前に奇妙な光景が広がっていた。ベッドの足元に大きな赤いハート形の風船がいくつも浮かんでいる。

これは夢に違いないと思い、目を閉じた。

ふたたび目を開け、大きく見開いた。

ハート形の風船はまだそこにあり、きらきらと輝いていた。

ベッドの足元のフレームに、ハート形の大きな赤い風船が何個もくくりつけられている。

いったい誰がこんなことを？

エレナはなんとかベッドに起きあがった。

サイドテーブルに先ほどまでなかったものが置いてあった。驚くほど豪華な花束が、息をのむほど美しい手吹きガラスの花瓶に活《い》けられていた。花瓶の表面には、鮮やかなブルーや黄色や珊瑚《さんご》色《いろ》の模様が華やかなリボンみたいに舞い踊っている。そして花瓶からあふれんばかりの花々。ありとあらゆる種類のトロピカルフラワーが勢揃《せいぞろ》いしていた。フリージア、極楽鳥花、アンスリウム、月下香、蘭《らん》、ユリ、クチナシ……。甘い花の香りが漂う中を、ハート形の風船がふわふわと浮かんでいる。

エレナは花束にそっと顔を寄せ、目を閉じて香りを胸いっぱいに吸い込んだ。誰も知らない南国の花園で朝露にぬれた花々を愛《め》でる気分だ。

「初めて会った日のことを……覚えているかい？」

ローガンの声が聞こえた。驚いて声のしたほうに顔を向けると、部屋の隅の暗がりにある椅子に座った彼の姿が見えた。「お父さんの事務所だったね」

優しい声。もう彼女のことを怒っていないらしい。しんと静まり返った部屋。月下香の甘い匂い。輝くハート形の風船。まるで魔法のようなひととき。

「覚えているわ」エレナは幸せそうにほほえんだ。

「きみを見た瞬間、思わず息をのんだ」

「ああ、ローガン……」夢を見ている気分だった。ほんの数時間前に言い争いをして、彼は出ていった。

それなのに今、ローガンはここにいる。赤いハート形の風船と、芳《かぐわ》しい花々を活けた花瓶を持って戻ってきてくれた。さっきとは別人かと思えるほど優しくて、言葉の端々から愛情が感じられる。

「以前言ったことの繰り返しになるが、あらためて伝えても問題ないと思う。ぼくは一目見た瞬間から、きみがほしくてたまらなかった」ローガンは立ちあがり、彼女のもとへ来た。上から下まで真新しい服にちゃんと着替えていた。

ベッドの手前で立ち止まり、エレナを見下ろしてかすかに笑った。

エレナは急に口の中がからからになった。「あの……水をもらってもいい？」

ローガンはコップに水を注《つ》いで差し出した。

「ありがとう」エレナは水を口に含み、ごくりと飲んで一息つき、コップを返した。ローガンはそれを脇に置いてベッドの端に座った。

「エレナ」

彼女は急に恥ずかしくなり、ローガンの顔をまともに見られなくなった。「さっきはごめんなさい。あなたを困惑させてしまって」

「ぼくのほうこそ、きみと別れたあとも電話をするべきだった。本当はそうしたかったのに、どう話を切り出せばいいのかわからなくて、つい……」

それはエレナもよく理解できた。「わたしもよ。何百回も、何千回も電話をかけようとした。だけど、いつも最後の最後でおじけづいてしまって」

「ぼくもだ」ローガンは彼女の手を取り、柔らかな唇を手の甲に当てた。「愛しているよ、エレナ」

これは現実なのだろうか。ひょっとしたら夢なのでは？「嘘《うそ》じゃないのね？」

彼はエレナの手を、おろしたてのシャツの胸元に持っていった。力強い鼓動と確かな温《ぬく》もりが、手のひらから伝わってくるのを彼女は感じた。

外出から戻ったローガンが、エレナを起こさないように爪先立ちで室内を歩き回り、ハート形の風船をベッドにくくりつけたり、彼女が起きたらすぐに目にとまるようにサイドテーブルに花瓶を置いたりする様子がまざまざと目に浮かんだ。

ローガンはもう一度、あの魔法の言葉を口にした。

「きみを愛している。この愛は永遠に変わらない。マイケルを産んでくれて本当にありがとう。きみはもう一人ではない。ぼくがきみの力になる。どんなことがあってもきみを一生守り抜く」

エレナはごくりとつばをのみ込んだ。わたしのために、これほど完璧な言葉を用意してくれたなんて。

彼女の頑《かたく》なな心が溶けていった。

「ぼくはきみを愛している。きみのそばにいたい。きみと幸せな家族を持ちたい。ぼくたちはそうするべきなんだ。きみと、ぼくと、マイケルの三人で」

エレナは我慢できずに言った。「わたしもあなたを愛しているわ、ローガン」ついに言ってしまった。ローガンに告白したと同時に、自分にも隠していた本音を声に出して認めた瞬間だった。

ローガンは空いたほうの手を軽く上げて拳を開き、握っていたものを見せた。

エレナは息をのんだ。開いた手のひらの真ん中に、大粒のダイヤモンドをあしらった古風なデザインのエンゲージリングがまばゆいばかりに輝いていた。

「これは……いったいどこで？」

彼は宝石店の名前を告げた。「まだ閉店前だった。店に入ってこのエンゲージリングを見た瞬間、これだと思ったよ」

「今夜買ったばかりということ？」

彼は苦笑した。「今までその機会がなかった」

「それに花も、風船も。なんだか夢みたい」

「そういうわけで、あらためて言わせてもらってもいいかな？」

「ああ、ローガン……」

「ぼくと結婚してほしい、エレナ。どんな言葉でも言い尽くせないほどきみを愛している。ぼくの妻になり、ぼくを世界一幸せな男にしてほしい」

すぐにでもイエスと答えたいと彼女は思った。

でも……。

「ローガン、話し合わなければいけないことがまだたくさんあるはずよ」

彼はわずかに眉をひそめ、一瞬で元の顔に戻って言った。「もちろんだ。まずは話し合おう。二人で力を合わせて問題を解決し、よりよい人生を送れるようにしていこう。考えたんだが、きみはダラスで新生活を始めることに抵抗があるんじゃないかな。それはよくわかるよ。親子三人で住むなら、きみの家族がいるサンアントニオを生活の拠点とするべきかもしれない」

「そこまで考えてくれたの？」

彼はうなずいた。「その気になれば本社をダラスからサンアントニオへ移転できる。ただ、すぐにというわけにはいかないだろうが」

「それくらい喜んで待つけど」

「いいのかい？」彼の顔がぱっと明るくなった。

エレナは勢いよくうなずいた。「考えてみれば、ダラスはそれほど遠い場所でもないし、わたしが向こうへ行ってもいいかも。先々どうするかは、また二人でよく話し合って決めることにして」

「確かに、それならすぐに実現可能だな」

「実はあなたに言っておきたいことがあって。これまで話す機会がなかったんだけど、わたしは教師を辞めて、今はゲイブのところで働いているの。ゲイブを覚えているかしら？　彼は弁護士で、ブラボー社の法律顧問よ。いずれマイケルがもう少し大きくなったら、ロースクールへ通って本格的に法律を学びたいわ。二人で話し合って、柔軟な視点に立って考えれば、選択の幅もずいぶん広がるはずよ。そうでしょう？」

「まったくだ」彼はふたたびエレナの手の甲に唇を当てた。「結婚してくれ、エレナ」

心にあった疑いはすべて消えていた。ローガンは彼女を愛し、彼女はローガンを愛している。

もはや返事は一つしかない。「ええ、ローガン。あなたの妻になれるなんて、最高に幸せだわ」

13

テキサス州ではカップルが結婚許可証を取得してから法的な結婚ができるまでに、七十二時間の待機期間を設けている。

エレナとローガンは月曜日に役所が開くと同時に結婚許可証を発行してもらった。

そして木曜の午後に結婚した。二人はカトリック教徒だったので本当は教会で式を挙げたかったが、かなり前から予約する必要があり、事前に結婚生活の心得について講習を受ける必要もあるので、挙式するまで何カ月もかかると言われたのだ。

二人は待たされるのは嫌だった。一刻も早く家族として生活を始めたかった。そこで話し合いの上、たとえ誓いを立てるのが司祭の前でなくても、式を教会で挙げられなくても、二人が永遠に夫婦であることに変わりはないという結論を出した。

教会以外で式を挙げる場合、結婚式を行う資格を持つ人物が式を執り行う必要があるのだが、これはデイビスとアレタが通う教会の聖職者が引き受けてくれた。二人はブラボー・リッジの広々としたリビングルームで結婚の宣誓をした。鉛色の空から雨が降る、あいにくの天気だった。

それでもエレナにとっては夢のような一日だった。

参列者は誰もがほほえみを浮かべ、二人に優しく接した。エレナは式の前日に買った新しいドレスを着て式に出た。素材はシフォンとレースで、肩先が隠れる程度の短い袖がついた膝丈のデザインだった。髪には短めのヴェールをつけ、手にはレースの白いウエディンググローブをはめた。ブーケはクチナシとフリージアでつくった。

広い部屋の中央に通路を引いてバージンロードに見立て、彼女はそこを父のハビエルと一緒に歩いた。通路の両側に参列者の席が設けられ、平日にもかかわらず多くの親族がわざわざ休みを取って出席してくれた。エレナは有頂天だった。

何もかもがあっという間だった。明日はローガンと一緒にダラス行きの飛行機に乗る。これまでとはまったく違う生活が始まる。

これでよかったのだとエレナは思った。

誓いの言葉を述べるときは、赤ん坊のマイケルもその場に立ち会わせようとあらかじめ決めてあった。エレナは今、ローガンのもとへゆっくり歩んでいた。ローガンはブルーのストライプシャツ姿で、息子のマイケルを腕に抱えて彼女を待っている。

父が立ち止まった。エレナは花嫁付添人を務める姉にブーケを渡して、ブルーのおくるみに包まれたマイケルをローガンから受け取った。息子の寝顔は穏やかで満ち足りていた。まるでこれからの人生が何事もなく平穏無事なものになることを確信しているかのごとく。

やがて進行役の聖職者がおもむろに口を開いた。

「今日、ここに集いし皆様は……」

結婚式のあとでシャンパンがふるまわれた。エレナも母のルースにマイケルを預けてグラスを取り、ほんの数口飲んだ。参列者たちは口々に乾杯の声をあげた。

正式な晩餐《ばんさん》会が始まる直前、エレナはケイレブに脇へ連れ出された。彼は空き部屋の一つに入り、エレナに幸せかと尋ねた。

彼女は兄にハグをして答えた。「ええ、とっても幸せよ」そして一歩下がり、くるりと回って見せた。

「疑っているの？」

兄はエレナの肩に手を置いて彼女をじっと見つめ、

中途半端な笑みを唇に浮かべた。「お世辞じゃなく、今日のきみは最高に華やかな花嫁だよ」

なぜだかわからないが、エレナは兄が浮かない顔をしているような気がした。「ありがとう。ねえ、何かまずいことでもしたの、兄さん？」

彼はくすくす笑った。どこか後ろめたそうだった顔がふいに明るくなった。「ぼくが？　いや、別に。向こうでの暮らしが落ち着いたら、すぐに会いに行くよ」

「今から待ちきれないわ」

彼女はもう一度兄をハグしてから急いでマイケルの授乳に向かい、皆と一緒に晩餐の席についた。

食事のあとで、新郎新婦によるケーキカットが行われた。ブラボー家の姉の一人、ゾーイはとても優秀なアマチュア写真家だ。この日も九カ月になる息子のザカリーを夫のダックス・ジラードに預けて、盛んに写真を撮っていた。しゃれた三段重ねの白いウエディングケーキをカットする幸せな二人の姿も、二、三十枚はカメラに収めたはずだ。入刀したケーキの一切れを新郎新婦が互いに食べさせ合う〝ファーストバイト〟で、切ったケーキがあまりにも大きすぎてどちらも口に入りきらず、二人は笑った。

続けてキスを交わしたあと、新郎が感想を述べた。

「かつて経験したことがないほど甘いキスだった」

新婦のエレナもまったく同感だった。口のまわりはケーキ生地と砂糖衣《アイシング》だらけだ。

花嫁によるブーケトスは館の螺旋《らせん》階段から行った。ローガンの妹、ブレンダがブーケをキャッチした。今日の出席者で未婚の女性は彼女だけだったので、順当な結果と言えるだろう。式にはほかにもローガンの弟たち、コーマックとナイルも出席した。デイビス・ブラボーがローガンの弟妹にも館に泊まっていきなさいと言ってくれて、エレナは彼に感謝した。

時計が夜の九時を回った頃、彼女はうつらうつらしはじめた。出産から一週間が経《た》ったが、なかなか体力が戻らず、いまだに疲れやすい。ローガンが彼女の体に力強い腕を回して言った。

「そろそろきみをここから連れ出す時間だな」彼はエレナのこめかみにキスをした。

人々は館の正面のベランダに集まり、新婚夫婦とその幼い息子を乗せた車が、誰かがこっそりくくりつけた大量の空き缶をがらがらと鳴らして走り去るのを見送った。

車は缶の音を派手に鳴らしながらドライブウェイをぐるりと回り、幹線道路へと向かった。行き先はエレナのコンドミニアムだ。サンアントニオでの最後の夜をそこで過ごす予定だった。

目的地に着いて車を降りると、ローガンは彼女を玄関前で待たせ、マイケルを抱いて家に入り、赤ん坊をベビーバスケットに寝かせた。それからすぐに戻って今度はたくましい腕でエレナを抱きあげ、玄関の敷居をまたいだ。

「明日ダラスに着いたら、あなたの家でも同じことを繰り返すつもり？」彼女は笑いながら問いかけた。

「ぼくの家じゃない。〝ぼくたちの〟家だ」彼は訂正した。「そして質問の答えはイエスだ、ミセス・マードック」自分の言葉にいたく満足した様子で、ローガンは花嫁をそっと床へおろした。出発を明日に控え、玄関先にはスーツケースや鞄《かばん》が足の踏み場もないほど置いてあった。「エレナ・マードックか。実にいい響きだな」彼が言った。

「わたしもこの名前が好きよ、ローガン」

「ぼくたちは幸せな夫婦になるに違いない」

エレナはうなずいた。「ええ、もちろん」ローガンはふたたび彼女にキスをしながら両腕で抱きあげ、廊下を進んでいった。

翌朝、二人はダラスへ出発した。

市内でも指折りの高級住宅地、ハイランドパークにある二階建ての新居を一目見て、彼女はすっかり夢中になった。七十年以上前に建てられた伝統的な造りの民家をローガンがみずから改築したもので、大きな窓がいくつもあり、幾重にも連なる山々を背景にした美しい風景と、目の前に広がる緑の芝生を眺めることができた。

ローガンはエレナを抱えて玄関の敷居をまたいだ。

「ようこそ我が家へ。ミセス・マードック」

エレナは彼にささやいた。「愛しているわ」

彼はエレナにキスをして、静かに彼女をおろした。

ローガンが愛情を明確に口にしなくなったことに彼女が初めて気がついたのは、このときだった。

別にどうということはない。彼は最高の夫だし、愛情を込めて妻に接してくれる。

だが思い返すと、病院でプロポーズされたあの夜以降、ローガンから〝愛している〟という言葉を聞いた記憶は一度もなかった。

結婚式での誓いの言葉を除いては。

プロポーズの夜にはあれだけロマンチックな言葉で切々と愛を訴えていたのに。

その同じ男性が、あれから一度も愛の言葉を口にしなくなったのは、少し奇妙ではないか？

そして日々が過ぎていき、マイケルの世話に追われながら新天地で新たな生活基盤を築くあいだも、その疑問はエレナの頭から離れなかった。ひょっとしたら、ローガンがかつて自由を求めていたことと何か関係があるのかしら？

ローガンは幸せそうだし、一見すると今の生活に何も不満はなさそうに見える。だけど心の奥底では自由を渇望する気持ちを捨てきれないのでは？

なんとなく今の状況が腑《ふ》に落ちないだけかもしれないけれどとエレナは思った。

エレナは子育て支援教室に通いはじめ、新しい友人もすぐにできた。義弟のコーマックは彼らの家へちょくちょく遊びに来た。エレナは新たな家族や友人たちとの交流を心ゆくまで楽しんだ。義姉のイリーナが実の兄のように慕っている同郷出身のビクトル・ルコビッチにも紹介された。彼はローガンやケイレブと同時期にテキサス大学に通っていた、長年の親友でもあった。

彼の妻、マディ・リズとエレナは会った瞬間から意気投合した。マディは生まれも育ちもダラスで、華やかなブロンド美女だ。顔が広く、エレナを早く自分の友人たちに紹介したいと躍起になっていた。

人生は楽しい。エレナは最高の気分だった。

夫が愛の言葉を口にしない程度のことで不安がるなんて、普通に考えればありえない話だ。

ローガンは彼女を大切にしてくれるし、毎晩きちんと帰宅して夕食を一緒にとってくれる。息子のことも溺愛している。ただし夜の営みに関してはまだドクターからの許しがなく、再開できなかった。

ある晩のこと、ソファで彼といいムードになって少したわむれたあと、互いの唇が離れかけたときにエレナはふと言った。「愛してるわ」

ローガンはいつもと同じく何も言わず、ただ彼女を抱き寄せて何度もキスを繰り返した。

そうこうするうちにマイケルがぐずりはじめて、エレナはすぐに息子のところへ行き、抱っこして揺り椅子に座り、授乳を始めた。ローガンはテレビの画面を消した。さっきから映画を流していたものの、二人はずっとキスしてばかりいたので、どんな内容だったのかろくに覚えていなかった。

彼はリモコンをコーヒーテーブルに放って言った。

「ビールでも飲もうかな。きみは?」

エレナは首を振り——気がつくと言葉が口をついて出ていた。「わたしを愛している? ローガン」

「もちろんさ」思ったとおりの返事だった。

彼女はさらに言った。「わたしが〝愛している〟と言っても、あなたは同じ言葉を返さないのね」

ローガンは眉をひそめ、立ちあがって揺り椅子に近づくとエレナに顔を寄せて、思い入れたっぷりのキスをして言った。「愛しているよ、エレナ」

彼女は唇を重ねたままほほえんだ。「よろしい。わたしも愛しているわ、ローガン」

これで満足するべきだ。エレナは自分に言い聞かせた。もう充分。文句のつけようがない。

それから数日後、義妹のブレンダがニューヨークから来た。大学が春休みで、ダラスには四日間滞在するらしい。結婚式で会ったときと変わらず利発で陽気な義妹と一緒に、エレナは買い物を楽しんだ。三日目にはローガンの下の弟、ナイルもオースティンから訪れた。金曜の夜はマードック家の兄妹《きょうだい》が勢揃《せいぞろ》いし、さらにビクトルとマディと三人の子どもたちも加わり、賑《にぎ》やかなディナーになった。

翌日の朝食はローガンが腕を振るい、自慢のフレンチトーストを焼いた。十一時にナイルが帰った。そのあとは午後二時にブレンダを空港へ送るまで、それぞれが思い思いの時間を過ごした。

午後一時半を回り、ブレンダが二階のゲストルームで荷造りに励んでいたとき、エレナは階下のランドリールームで義妹が置き忘れた脚本を見つけた。エレナは脚本を持って階段へ向かった。

ブレンダの部屋のドアが開いているのが、途中の踊り場から見えた。近づくにつれて、ブレンダが誰かと電話で話している声が聞こえてきた。

「とてもすてきな女性よ。わたしも彼女が大好き。それに甥《おい》っ子のかわいいことといったら！　わたし、もうめろめろで……」そのあと沈黙があり、やがて話を再開したブレンダは声を潜めて言った。「ええ、そう。ほんとにびっくりしたわ。だってローガンは、わたしたち三人を育てたあとは、うんと年を取るまで絶対に結婚はしないって宣言していたもの。とりわけナイルにはさんざん手を焼かされていたしね。わかるでしょう？　まるで悪夢だった。でも聞いて。エレナって本当に最高なの。それに甥っ子のこともあるし……えっ、何？　そりゃ結婚するに決まっているわよ。うちの兄はそういう性格なんだから。思っていた人生とはかなり違ってしまったけれど、意外と本人はまんざらでもなさそう。エレナは人柄もいいけどスタイルもとにかく抜群で、男なら思わず手を出したくなるタイプだわ。料理も上手だしね」

　開いたドアからほんの数歩のところで、エレナは凍りついていた。恥ずかしさで顔が真っ赤に染まり、かっと熱くなった。

　ブレンダの話そのものにはなんの問題もなかった。以前から知っていたことばかりだったから。

ただ……。

〝そりゃ結婚するに決まっているわよ。うちの兄はそういう性格なんだから。思っていた人生とはかなり違ってしまったけれど、意外と本人はまんざらでもなさそう〟

　開いたドアの向こうでは、ブレンダの話がまだ続いていた。今度は声の大きさも通常に戻っている。

「わかってる。悪かったわ。今回は完全にわたしのミスだった。次の機会に必ず埋め合わせをするから。絶対に……」そして彼女は話題を変え、自分が今のニューヨークの生活をどれほど愛しているかを力説しはじめた。

　ブレンダの脚本を握りしめたまま、エレナは静かに振り向いて、来た道を戻りはじめた。階段をおり、居間を抜けて、キッチンの横のランドリールームへ入った。

　閉めたドアに額を当ててぐったりと寄りかかり、なぜこれほど嫌な気分になったのだろうと考えた。

話の内容自体はたわいのないものだった。問題はそれを聞いたエレナがどんな気持ちになったかだ。ローガンを本来とはまるで違う人だと思い込むように誘導されて、まんまとだまされた。そんな気分だった。

彼女は病院での出来事を思い出した。プロポーズした夜のローガンは、数時間前の彼とはまったくの別人だった。夕食のあと、病室で彼女と言い争いをして憤然と出ていったのに、夜中に戻ってきたときにはすっかり優しくなり、愛の言葉をささやいて彼女を夢見心地にさせた。いったいどういうことなのか、ローガンと膝をつき合わせてじっくり話し合う必要がありそうだ。

今夜二人きりになったら。

そのあと、ローガンの運転でブレンダをダラスの空港まで送った。義妹は別れ際にエレナをハグしてささやいた。「あなたが義理の姉になって、本当にうれしい。どれだけ感謝しているか言葉にできないくらいよ。兄さんをどうかよろしくね」しみじみとそう言って体を引いたブレンダの目に、涙が光ったのをエレナは確かに見た。「うちの兄は、きっと世界一幸運な男だわ」

二人は自宅に戻り、夕食をとったあとはソファで子どもみたいにふざけ合って過ごした。

もしかしたら、盗み聞きしたブレンダの話を真に受けすぎたのがいけなかったのではないか。エレナはしだいにそう思いはじめた。なんの根拠もない疑いなどさっさと捨てて、彼との最高に楽しい暮らしを満喫するべきではないのか。

三月中旬の月曜日、エレナはダラスの産婦人科を訪れて産後健診を受け、パートナーとの夜の営みを再開してもいいとのお墨つきを得た。マイケルを出産してから、五週間と二日が経っていた。

帰りがけに高級食料品店に立ち寄り、百ドルのシャンパンを購入した。ディナー用に奮発して買ったプライムリブはハーブとガーリックで風味をつけた極上のステーキにして、特大のベイクドポテトと、サヤインゲンとスライスアーモンドのバター炒《いた》めを添えた。どれも夫の大好物だ。

そして帰宅したローガンをシルクのランジェリー姿で出迎えた。ブレンダと出かけたときに購入したものだ。ひらひらした挑発的なデザインで、肌を隠す部分よりも露出させた部分のほうがはるかに多い。効果は絶大で、玄関先でいきなり抱きしめられて、そのまま壁に押しつけられながら彼の情熱を受け止めるはめになった。

やっと解放され、両足がゆっくりと床におろされたときに、エレナは自分が今でも夫から見て欲望をそそる対象なのだと確信した。

夕食前にエレナはマイケルの授乳を、ローガンはいつもと同じく息子のおむつ替えを行った。そしてシャンパンで乾杯し、プライムリブに舌鼓を打ち、ベッドへ場所を移してさらにお祝いを続けた。

やはりローガンの口から〝愛している〟の言葉は一度も出てこなかった。

気にすることはないと彼女は自分に言い聞かせた。別に言葉だけが愛情を伝える手段ではないのだから。ローガンは言葉以外のさまざまな方法で妻への愛を示してくれる。人生は楽しい。毎日が驚きと興奮で満ちあふれている。

次の金曜日、兄のケイレブと義姉のイリーナが、赤ちゃんのハナを連れて泊まりがけで遊びに来た。その夜は全員でビクトルとマディの家を訪れ、ディナーをご馳走《ちそう》になった。

土曜の夜、エレナは大人四人分の食事を用意し、赤ちゃん用の小さなハイチェアにお行儀よく座ったハナにはリンゴとブドウでつくった離乳食を出した。八時半を回ってハナがぐずりはじめたので、義姉が抱きあげて二階のゲストルームへ向かった。

そのあとすぐ、食事中ずっと寝ていたマイケルが二階の部屋で目を覚まして泣く声が聞こえたので、エレナは席を立って息子をあやしに行った。

マイケルはあっという間にまた寝てしまい、彼女は息子をベッドに戻し、小さなほっぺにキスをして、階下へ戻ろうとした。ゲストルームの前を通りかかったとき、イリーナが母国語のアルゴビア語で子守歌を口ずさんでいるのが聞こえた。

思わずドアをノックして中に入りたくなったが、考え直した。せっかく寝かしつけたハナを起こしてしまったら申し訳ないと思ったからだ。忍び足で階段をおり、一階まで来たとき、ダイニングルームで夫と兄がひそひそと話す声が耳に入った。

「そんなに身構えるなよ」兄の声だ。「万事順調に進んでいるらしいなと指摘したくらいで」

「その話はやめないか?」ローガンがうめきながら兄を制した。「彼女に聞かれたら大変だと言ったのはおまえだろう?」〝彼女〟? いったい誰のことかしらとエレナは思った。「二人のうちどちらかが、今にもここへ来るかもしれないんだぞ?」

〝二人のうちどちらか〟ですって?

つまり妻たちには聞かせたくない話ということね。

エレナは足音をたてないように注意しながらダイニングルームへ向かった。

兄が言った。「なあに、ついさっき行ったばかりだし大丈夫だ。それより認めろよ。結婚できて幸せだって。やっぱり教えておいてよかっただろう? 男が女を相手にうまく立ち回ろうと思ったときは、誰かのアドバイスに頼ることも必要なのさ」

彼女はすでにドアノブに手をかけていた。ドアを開け、ダイニングルームへ足を一歩踏み入れる。

「女を相手にうまく立ち回るって、なんのこと?」

14

兄は持っていたブランデーグラスを危うく落としそうになった。

一方のローガンはそこまで驚いた様子を見せず、目をしばたたいて言った。「別になんでもないんだ……マイケルはすぐ寝たのかい?」

二人をさらに問い詰め、なんの話をしていたのか説明するまで引き下がらないと言ってやろうかと、エレナは一瞬考えた。

だけど、そんなことをしてなんになるだろう? 楽しい夕べがだいなしになるだけだ。今はその話をするときではないし、ここは議論をする場でもない。話はまた今度でいい。お客様がサンアントニオへ帰ってからで。

彼女はにっこりほほえみ、指をぱちんと鳴らして答えた。「あっという間に寝ちゃったわ」

それから数分後、イリーナも戻ってきたので皆にデザートを出した。

そのあとローガンはどこか落ち着かない様子で、何度もこちらをちらちらと見ていた。

何をそんなに気にしているのか、確かめなければ。

いずれ、そのうちに。

兄とその家族が帰ったのは日曜の朝だった。土曜の夜に立ち聞きした兄と夫の会話について、いつ話を切り出すべきだろう? エレナは昼食後に授乳をすませ、息子をベビーベッドに寝かしつけるまで機会を待った。ローガンは書斎でパソコンの前に座っていた。

エレナが書斎の開け放たれたドアから中へ入ると、

彼は顔を上げてこちらを見た。

ここまで来て急に弱気になり、エレナはドア枠にもたれて言った。「ちょっといいかしら……土曜の夜、イリーナとわたしが席をはずしているあいだに、あなたとケイレブが何を話していたのかずっと気になっていて……」

「別になんでもないと、あのときも言ったはずだ」抑揚のない声と同じく、顔にもなんの感情も表れていない。ローガンは油断なく身構えている。

彼女は書斎へ入り、ドアのそばの椅子に座った。

「ローガン……」話をどうやって進めればいいの？　エレナは途方に暮れた。

「あとにしてくれないか？　今は急いで確認したいことがあって……」

「いつだったら話せる？」

ローガンはデスクマットの上にあったペンを取り、デスクをこつこつとたたきはじめた。「真面目な話、きみが気にするような話ではなかったんだ」

話の内容がなんであれ、ローガンはこの話題を避けたいのだとエレナは思った。「その話はやめよう、とあなたがケイレブに言ったのを聞いたわ。イリーナかわたしのどちらかが、いつおりてくるかわからないからって。わたしたちに聞かれたくない話って、いったいなんだったの？」

彼はペンを放り出した。「わかった。言うよ」

「ローガン……怒っているの？」

「怒ってなんかいないさ。つまりその……ケイレブが以前、アドバイスをくれたんだ」

「アドバイスって、なんの？」

ローガンは回転椅子の背にもたれかかり、両腕を上げて伸びをしてから、あらためて身を乗り出した。

「気にするなと言っただろう？　なぜぼくの言葉を額面どおりに受け取ってくれない？」

「でも、どうしても気になって」エレナはしつこく食い下がった。

「きみが知る必要はない」

ますます怪しいわね。わたしに知られたくない話って、いったい何？

ひょっとしたら、またローガンとわたしのことで兄が何か余計な口出しをしたんじゃないかしら？

そうなの？

「プロポーズされた夜、喧嘩《けんか》をして出ていってから数時間後に戻ってきたときのあなたは、まるで別人だった……」

ローガンはデスクに肘をつき、親指と人さし指で鼻筋をさすりながらぼそりと言った。「どうだっていいじゃないか、そんなこと」

「ケイレブに会ったのね？　そうでしょう？　病院を出てから戻ってくるまでのあいだに」

ローガンは目をそらし、窓のほうへ視線を向けた。

「ぼくに何を言わせたいんだ、エレナ？」

「真実を言ってほしい。ただそれだけよ。あの夜、何があったの？」

ローガンは大きく息を吸い、いっきに吐き出した。

「いいだろう。ケイレブから電話があって彼の家へ行った。大切な妹に手を出された腹いせに一発殴るつもりで呼びつけたのかと思ったが、あいつが知りたがったのは、ぼくがきみと結婚する気があるのかどうかだった。もちろん結婚したいに決まっている、プロポーズしたがはねつけられたとぼくは答えた」

「だからケイレブはあなたに……アドバイスをしたわけね？」

「そうだ。彼にアドバイスをもらった」ローガンは彼女をじっと見た。「これで全部だ。ケイレブからアドバイスをもらってそれを心に刻み、実行した。そしてすべてうまくいった」

「どんなアドバイスをもらったの？」

「もう勘弁してくれ、エレナ」

「教えて、お願い」

ローガンはふたたび彼女を見つめた。エレナも彼の目を真《ま》っ直《す》ぐに見つめ返した。

やがて彼は言った。「ケイレブの言葉を借りれば、きみは本当は自分が思っているような性格ではないらしい」

「えっ？」

「リアリストで独立心旺盛な女性を演じているが、実は骨の髄までロマンチストで、運命の相手と巡り合う日をずっと待っていて、それがぼくだったと。それから……」ローガンは言葉を切り、首を振った。

「それから、何？」

「エレナ……」

「いいから話して」

「わかった。本気できみと結婚したければ、きみを愛していると言葉で伝えて、それが事実だと信じてもらえるように演出しろ、そのためにはロマンチックな小道具や台詞《せりふ》が必要だと言われた」

エレナは首を振った。「つまりあのときの花も、指輪も、言葉もすべて……」

ローガンはうなずいた。「彼の入れ知恵だ」

「なんておせっかいなことを！　今にも怒りが爆発しそうよ」

「だから、あいつも聞かれたくなかったのさ」

「昨夜この家で自慢したのが運の尽きというわけね。でも女性というものは、好きな男性が他人のアドバイスに従って何かを実行したとしても、それだけで腹を立てたりはしない。その人が真剣なら、誰から入れ知恵をされてもかまわない。〝愛している〟の言葉に気持ちがこもってさえいればいいんだから」

ローガンは顔をしかめた。「もちろんぼくは真剣な気持ちで言った」

「でもどこか……マニュアルどおりに言っていたというか、自分でもわかるでしょう？」

彼は無言で椅子に座っていた。

エレナは立ちあがって窓辺へ向かい、外の景色を眺めた。前庭の芝生の中央にオークの古木があり、テキサスの澄みきった青空へ向けて太い枝を大きく広げていた。「脚本をただ読んだみたいなものよ。それでは嘘《うそ》と変わらない。愛していると、あのときあなたは言った。だけどそのあとは二度と言わなくなった。わたしが促さない限りは」

「それがどうした？」ローガンはエレナの後ろ姿に向けて言った。「現に今、ぼくたちは幸せだ。なぜこんなことで大騒ぎしなければいけない？　たかが……愛の言葉くらいで。わけがわからない」

エレナは振り返り、彼に向き直った。「いいえ、あなたはわかっている。自分が何をしたのかを理解しているはずよ」

「ぼくが何をしたかって？　きみにプロポーズして、結婚したんだ。それのどこがいけない？」

「上辺だけの言葉を口にしたわ」

ローガンは否定しなかった。

エレナは話を続けた。「ケイレブの言ったとおり、わたしはロマンチストよ。だから人を愛したら自分も愛されたい。相手からも愛の言葉を返してほしい。嘘やまやかしではなく、本気の言葉を。あなたにはそれができないのね」

「嘘なんかついていない。ぼくはただ……」しだいに声が小さくなり、ローガンは言葉に詰まった。

エレナは無言で窓際に立ち、彼を見つめた。胸が張り裂けそうな気分だったのに、不思議と頭は冷静だった。「またわたしの前から逃げるの？」

「誰も逃げるなんて言っていない」

「言わなくても、顔に出ているわ」

やがてローガンはもう一度同じ質問を繰り返した。

「ぼくに何を言わせたいんだ、エレナ？」

彼女の答えも同じだった。「真実を言ってほしい。

ただそれだけよ」

ローガンは黙っていた。口を開いたら最後、何を言い出すか自分でもわからなかった。

なぜぼくはこんなにも憤慨しているんだ？　怒りで彼女の顔をまともに見られないほどに。

エレナは静かに待っている。日の降り注ぐ窓辺に立ち、ぼくの言葉を待ち構えている。たとえそれが彼女をいたたまれない気持ちにさせる話だと互いに知っていても。

「こんなことを言うのは理不尽だとわかっている。だが今回の件で、ぼくがそれまでの日常を奪われたのは事実だ。そうだろう？　それにあの夜、最初のプロポーズで返事を保留され、ぼくはついかっとなった。きみのために正しいことをしたのに、にべもなくはねつけられたのだから」

エレナは顔をしかめたが、それ以上聞きたくないとは言わなかった。「続けて」

「聞いていてつらくないのか？」

「大丈夫。話を続けて」

「わかった」彼は椅子にふたたび深く座り直した。「きみと初めて一夜をともにしたのは、四月最後の金曜日だった。きみは前日にピルをのみ忘れたことを黙っていた。その手の情報は事前に教えておいてほしかった」

エレナは胸に手を当てた。心臓があまりに激しく打つので恐ろしくなってきた。それでも彼女は一歩も引かなかった。「確かに話しておくべきだった。わたしが間違っていたのよ。言わずにすませたくてありとあらゆる理由をつけて自分に言い訳をしたわ。たった一回忘れただけだからとか、避妊具を使えば絶対に安全だとか」

「それを知っていたら、ぼくはきみを抱かずに帰ったかもしれない」

エレナは唇を震わせた。「ああ……」

「いや、そうとも限らないか。何しろぼくはきみがほしくてたまらなかったから。避妊具も使ったし。とはいえ、きみがぼくに選択の機会を与えなかったのは明らかだ」

「ええ、本当にそのとおりだわ。ごめんなさい」彼女は震えながら息を吸い、開いたドアを切なそうにちらりと見た。それから背筋を伸ばし、ローガンの目を真っ直ぐに見て訊《き》いた。「ほかには？」

「妊娠がわかっても、きみはぼくに知らせなかった。何もせずに月日が経《た》つのを待っていた。ケイレブが連絡してくれなかったら、ぼくは息子の出産に立ち会うことすらできなかった。きみが妊娠したのなら、ぼくにも無関係な話ではない。知らされて当然だと思わないか？」

エレナの目に涙があふれ、彼女はごくりとつばをのみ込んだ。「あなたの言うとおりよ。わたしが完全に間違っていた。連絡は必ずするつもりだった。嘘じゃないわ。だけど急いで知らせる必要もないし、子どもが生まれてからでいいと思った」

「もっと早く教えてほしかったな」

「でしょうね……今ならよくわかる」エレナはもう一度つばをのみ込み、まばたきで涙をこらえた。

「あとは？」

「これだけ聞けば充分じゃないか？」

「でも、まだあるんでしょう？」

彼は手を振った。「いいだろう、これで最後だ。サンアントニオを去るとき、ぼくはきみにまた会いたいと言った。ところがきみは再会を拒んだ」

エレナは激しく首を振った。「わたしは間違っていなかったわ。だって初めからそういう約束だったもの。あなたがそれを望んだのよ。サンアントニオに滞在するあいだだけの関係にしたい、って。忘れたとは言わせない」

「むろん、忘れてはいないさ」

「よかった。ピルのことを言わず、妊娠した事実をすぐに報告しなかったのは……確かに悪かったわ。でもあなたの望みを……あと数年は結婚せずに自由でありたいという考えを尊重したくて再会を断ったのに、それが理由で責められるのは納得がいかない。そこは訂正して」

「プライドの塊みたいな女性だな、きみは」

エレナは唇を固く引き結び、顎をぐいと上げた。

「あともう一つ、いいかしら」

「いいとも。言ってくれ」

「わたしに腹を立てた理由を、なぜあのとき病室で話さなかったの？」

「出産直後のきみにかい？　冗談じゃない。そんなことを話してなんになるんだ？　今だってこうして打ち明けたものの、結局きみが泣きそうな顔になるのを見て、後味の悪い思いをしただけじゃないか」

「だとしても、夫婦として互いに言うべきことを言わずにいるのは絶対によくないわ。わたしの両親もそうだった。母は父に二十年以上も嘘をついていた。真実が明るみに出たとき、両親はどちらも取り返しがつかないほどのダメージを受けた。わたしと姉も、ずいぶんつらい思いをさせられた」

「ぼくがきみに多少の憤りを感じたことと、母親が浮気をしたことを一緒にされるのは心外だ」

「もちろん同じだとは思っていないわ。でも、母が自分の人生をかけて愛した父を裏切ったそもそものきっかけは、父とのあいだに未解決の問題があって、そこから生じた不平や不満が長年のあいだ放置されていたことだった。父も母も自分の憤りに正面から向き合おうとしていなかった」

「ぼくも同類だと言いたいのか？」

「自分の心に正直でなかったのは同じ。上辺だけの言葉でわたしをだまして結婚を承諾させたりせず、つらくてもあなたの本音を、わたしへの怒りをありのままに言って話し合うべきだった。結局あなたは、そのときの怒りをいまだに引きずっているのよ」

「出産を終えたばかりのきみに、ぼくのくだらない怒りをぶつけるわけにはいかないと思っただけだ」

「それならもう少し時期を待つという手もあったわ。わたしが体力を回復するまで」

「待つだって？　何を言っているんだ？　ぼくたちは結婚しなければいけなかった。マイケルには両親が必要だった。話を先延ばしにしたところで、きみにぼくと結婚せずにすむ理由を考えつく時間を与えただけに決まっている」

「まさか。ありえない」

「いや、きっとそうなった。ぼくはきみと結婚して、マイケルに幸せな家族を与えたかった。そのためにすべきことをしただけだ」

　彼女の目に涙はもう浮かんでいなかった。遠くを見るような視線をローガンに向け、長いあいだ無言で立っていた。やがてエレナは言った。「あなたが〝愛している〟と言ったのは、そうすればわたしがプロポーズを受けるだろうとケイレブに教えられたからだった。それで合っているかしら？」

「ああ。きみとの関係を修復し、人として正しい道を選ばせるには、どうしてもそれが必要だった」

「関係を修復するですって？」

　エレナはつかつかと彼に歩み寄った。

「確かにわたしたちは結婚したし、上辺だけ見れば最高にすばらしい関係を築いている。だけどそれは見た目だけで、見えないところでは嵐が吹き荒れている。あなたは心の奥深くに、わたしへの怒りを抱え込んでいるのよ。それを手放さない限り、わたしたち夫婦の関係が本当の意味で修復されることは、決してないわ」

15

何も変わらなかった。

二人はそれまでと変わらない日常を淡々と続けた。夫の帰りが遅い日にはエレナも今までどおり夕食をとらずに待ち、ローガンが帰宅すると一緒に食べた。夜はこれまでどおり同じベッドで寝て、マイケルの世話もきちんと分担し、愛情を込めて育てた。

それでいて、以前と同じものは一つもなかった。

夜の営みはなくなり、二人はキングサイズのベッドの端と端にわかれて寝ていた。用事があったり、必要に迫られたりしたときは穏やかに話し合ったが、そこに愛情を感じることはなかった。同じ部屋で過ごすこともしばしばあったものの、互いに決して目を合わせようとしなかった。

深い沈黙が常に二人のあいだを流れていた。

今はこの沈黙が必要なのだと、彼女は自分に言い聞かせた。二人はあまりに結婚を急ぎすぎた。結論を出すまでにもっと時間をかけるべきだったのだ。それでもすでに式を挙げてしまったし、カトリック教徒にとって結婚の誓いは神聖なものだ。ローガンもきっと同じ考えだろう。

おそらく離婚はありえない。たとえ二人が本当の意味で夫婦として結ばれる日が永遠に来なくても。

それにしてもなんという皮肉だろう。今の二人はかつての彼女の両親を彷彿《ほうふつ》とさせた。もちろんエレナは浮気をしていないし、息子の父親がローガン以外の男性であるはずがない。とはいえ彼女と夫とのあいだに大きな亀裂が生じているのは事実だ。

唯一の心のなぐさめは、彼女の両親が最終的に対立を乗り越え、和解した今は以前よりも強い絆《きずな》で結ばれていることだった。問題は両親がそこへ至るまでに三年間もの別居を経験し、なおかつ父の心臓発作が夫婦の関係修復のきっかけになったことだ。それを思い出すとエレナは心が重くなった。

　水曜日に義姉のイリーナから電話があって、先週末は本当に楽しかったとお礼を言われた。エレナは努めて明るい声で楽しそうに話した。心にぽっかり空いた穴と、自分が空虚な毎日を送っていることを義姉に気取られないために。

　ケイレブとはしばらく距離を置こうと決心した。少なくとも彼に当たり散らしたりせずに話ができるようになるまで、連絡はしないつもりだった。

　ところが世の中思いどおりにはいかないもので、そのケイレブからいきなり電話がかかってきた。

「最近、どうも変なんだ」藪《やぶ》から棒に兄が言った。「ローガンから折り返しの電話がかかってこない。いったい何があった？」

　そこでエレナは事の顛末《てんまつ》を話した。夫を追求し、ケイレブからプロポーズのやり方についてアドバイスを受けたことを白状させたと伝えた。「そのあと口喧嘩《げんか》になって、かなり激しいやりとりをしたわ。今はちょっと気まずい状態が続いているの」

「ぼくはどうすればいい？　なんでも言ってくれ。きみの力になりたい」

　放っておいてと言いたかったが、兄が彼女を大切に思っているのは知っていたし、エレナも兄が好きだった。だからゆっくりと言葉を選びながら伝えた。

「よく聞いてちょうだい、兄さん……とにかく、絶対に、余計なことをしないで。わかった？」

　沈黙のあとで兄が尋ねた。「怒っているのか？」

「ええ、正直言ってかなり。でもいずれ忘れるわ。それまでは何があっても、わたしを思いどおりに操ろうなんて考えないと約束して」

「ぼくは別に――」

「言い訳はけっこうよ。よかれと思ってしてくれたのはわかっている。兄さんはいつだってそうだもの。だけど〝悪気はなかった〟ではすまされないことだってあるのよ。同じ過ちは絶対に繰り返さないで」

「申し訳なかった」兄の声には誠意が感じられた。「こうなったのはぼくのせいだ。ぼくがいなければ、きみもローガンに会わずにすんだのに」

「お願いだから、そういう考え方はやめて。確かに兄さんがいなければローガンに会うこともなかった。けれども、それがなんだというの？　肝心なのは、どこで出会ってもわたしと彼は互いに惹《ひ》かれ合っただろうということよ。否応《いやおう》なしにね。だから自分を責めないで、兄さん」

　水曜の夜、エレナはあらためてローガンの書斎を訪れ、ドア口に立った。あの悲惨な結果に終わった話し合いから、ちょうど一週間と三日が経《た》っていた。

　ローガンがパソコンから顔を上げるのを待って、彼女は話しはじめた。「さっき母から電話があって、復活祭《イースター》に遊びに来ないかと誘われたの。久しぶりに夫婦揃《そろ》って祝う復活祭になるから、今年は特別な思い入れがあるみたい」

　エレナにとっても、復活祭はローガンとの出会いと深く結びついていた。去年はブラボー・リッジで一緒に過ごした。広い庭で並んで椅子に座り、手をつないだ。

　そしてルークの仕事部屋でキスをした。

　あのときのことを覚えているか、彼にそれとなく尋ねてみたらどうかしら？

　にっこり笑って、もちろん覚えているよと言ってくれる？

　あるいは表情を少しも変えずに、冷ややかな視線を向けるのかしら？　するとローガンは椅子に背を預けて言った。「マイケルを連れてサンアントニオへ行ってくればいいじゃないか」

喉の奥に熱いものが込みあげた。エレナはそれをいっきにのみくだし、感情を抑えた声で言った。

「ねえ、よかったらあなたも一緒に来ない？」

「遠慮するよ」

「ローガン……」何を言えばいいのだろう。どんな言葉ならこの人の心に届くのだろう。彼の表情からは何も読み取れなかった。エレナが早く話を終えて部屋を出ていき、一人きりにしてくれるのを待っている様子だ。

やがてローガンが肩をすくめた。「きみは故郷で復活祭の休暇を過ごすといい。楽しんでおいで」

〝楽しんでおいで〟ですって？　なるほど。

ぼくを放っておいてくれと言いたいのね。

それならそれで仕方がない。せめて物事の明るい面に目を向けるべきだ。彼とのあいだに少し距離を置くのも悪くないかもしれない。「じゃあ、そうさせてもらうわ。明日出発するから」

「ああ、気をつけて」ローガンはふたたびパソコンに向き直った。

話は終わったと言いたいのだ。

いいわ。わたしはサンアントニオで両親と一緒に復活祭を祝おう。きっと楽しい休暇になるはずよ。

翌日ローガンが帰宅すると、妻と息子はすでに出発していた。

家の中はがらんとして、誰もいない。

いっそのこと車に引き返してすぐに空港へ向かい、次のサンアントニオ行きに飛び乗ろうかとも思った。だが結局、彼は何も行動を起こさなかった。

留守番電話にエレナからのメッセージが残っていた。〝ローガン？　わたしよ。今、両親の家。無事に着いたと伝えておこうと思って〟そのあと沈黙が続いた。次の言葉を口にするべきかどうか、ためらっているみたいだった。〝あなたがいなくて、寂しいわ。じゃあまた、月曜日に〟

メッセージが終わり、ツーツーと音がした。

彼はメッセージを消し、普段と同じ行動を淡々とこなした。夕食をとって書斎で小一時間ほど過ごし、居間へ戻ってテレビを点《つ》け、チャンネルを頻繁に変えながらしばらく観《み》たあとベッドに入った。眠りは浅く、途切れがちだった。

土曜日が、そして復活祭の日曜日が過ぎていった。

月曜の朝七時、キッチンで朝食をとっていたとき、エレナから電話がかかってきた。

「おはよう」注意深く感情を抑えた彼女の声が聞こえた。「元気？　何か変わったことはない？」

「別に何もないな」彼はぼそりと言った。

「実はもうしばらくこちらで過ごそうと思って。姉からブラボー・リッジにも顔を出すよう言われたの。水曜か木曜には、前に住んでいたコンドミニアムへ行くつもりよ。残した家具や私物のどれを売って、どれを残すかを決めて、片づけないといけないし」

丸一週間、彼女がいないのか。そのあいだ何日もこの空っぽの家で一人きりで過ごすわけだ。しかしよく考えてみると、エレナが帰ってきたところで、今の状況がどれほどましになる？　近頃はろくに会話もしていなかった。

マイケルに会えないのは寂しい。だが、たった一週間の辛抱だ。永遠というわけではない。

「そうか。ゆっくりしてくるといい。じゃあ、また来週」彼はエレナの返事を待たずに電話を切った。

切ってからしまったと思った。来週の何曜日に戻るつもりか、ぼくに言おうとしていたのでは？

別に何曜日でもいいじゃないか。彼は自分に言い聞かせた。長くてもたった七日間なのだから。

あの愛らしいえくぼを七日間見られないのか……。

もっとも、最近はエレナの笑顔を目にすることもすっかり減ってしまったが。

自分が悪いのはわかっていた。何か手を打つべきなのも理解していた。

ぼくはただ事態を悪化させているだけだ。

エレナへのわだかまりがいまだに消えない。心に抱え込んだ怒りを消すのは、まだ難しそうだ。

その日の夕方、ハイランドパークにあるスーパーマーケットで買い物をしていたとき、一人の女性が彼に声をかけてきた。「やだ、ローガンじゃない。元気にしてた？」

「ポーリン」彼は持っていたグラノーラの箱を棚へ戻した。以前通っていたコーヒーショップの女性だ。

「前は毎朝店に来てくれたのに、ここのところ顔を見ないなって思ってたのよ。もう来られなくなったの？」そういえばマイケルが生まれた夜、デートをしていた彼女を家に送ったあと、一度も連絡をしていなかったと彼は思った。

「実は結婚したんだ」ローガンは左手を軽く上げて結婚指輪を見せた。

ポーリンは目をしばたたいた。「あら、そうなの。おめでとう」

「どうも」彼はほほえんだ。

彼女もほほえみを返した。やけに明るい表情で。

「じゃあね、そろそろ行くわ」

「ああ」ローガンはカートを転がしながら、後ろを振り返らずにその場を去った。

買い物を終えて帰宅した。家の中はあいかわらず静まり返り、一人で過ごすには広すぎた。キッチンに入ってフラットスクリーンのテレビを点け、あえて雑音をまき散らしながら購入した食料品を次々に片づけた。

彼はポーリンのことを考えた。そしてエレナとの魔法にかかったみたいな一週間のあとでつき合った女性たちのことも。交際はどれも長続きしなかった。どうしてもエレナと比較してしまうからだ。

彼女と比べると、どの女性も物足りなかった。

理不尽な怒りの理由はここにもあった。エレナと出会い、あの輝きと喜びに満ちた日々をともに過ごしてからというもの、十年間ずっと待ち望んでいた自由で気ままな生活がすっかり色あせて見え、実につまらないものに変わった。たぶん心の底で彼女を恨んでいたのだ。せっかく自分なりに独身生活を楽しんでいたのに、それをだいなしにされた、と。

それでいて、エレナ以外の女性と自分が結婚する姿はまったく想像できなかった。彼女なしの人生を頭に思い浮かべただけで、心にぽっかりと穴が空いた気分になった。

今この瞬間の自分の生活に、なんの喜びも見出《みいだ》せないのと同じように。

どうしてそんなことを思いついたのか、我ながらさっぱりわからなかったが、気がつくとローガンは電話を取り出して下の弟のナイルにかけていた。

二度目の呼び出し音で弟が出た。「やあ、兄さん。電話したいとずっと思ってたよ。新婚生活はその後どんな感じだい？」

「妻は優しく、聡明《そうめい》で美人。料理もできる。息子は世界一かわいい」

「うんうん、言ってろ言ってろ。この幸せ者め」

ローガンはふと思った。ぼくは幸せになれるのに、それを自分に許そうとしなかっただけなのでは？

「訊《き》いてもいいか、ナイル？」

「なんだい？」

「父さんと母さんが死んだあと、ぼくはおまえから見てどうだった？」

弟は乾いた声で笑った。「冗談きついって。当時のぼくがどれだけ荒《すさ》んでいたか、忘れたのか？」

「まさか。忘れやしないさ。しかし今知りたいのはそれじゃない。おまえはぼくをどう思っていた?」

「いつも口うるさくああしろこうしろと命令ばかりするクソッタレ兄貴だと思ってたよ」

「だろうな。言いたいことはよくわかる」

「あとさ……」

「なんだ? 話してみろ。別に怒ったりしないから。あの人生で最悪の時期に、おまえからどう見られていたのか、本当のところを知りたいんだ」

「言ってもいいのかい?」

「ああ、頼む」

「わかった」ナイルは言葉を切り、何をどう言うか考え込んでいた様子だったが、やがて話しはじめた。「兄さんは、ぼくたち三人を……特にぼくを嫌っているんだろうなと思うことがよくあった。朝から晩まで弟や妹の世話にかかりきりで、兄さんはいつもうんざりしていた。中でもぼくはいちばんの問題児だったから、これっぽっちもかわいいと思えなかったはずだ。優等生のコーマックや末っ子のブレンダに対しては、不満や怒りをうまく隠そうとしていたみたいだったけど……兄さん? 聞いてる?」

「聞いている。確かにあの頃は、おまえたちに腹を立てていた。だが決して嫌っていたわけではない。おまえたちを……愛していた」口ごもりながらそう伝えた瞬間、ローガンはこの言葉をこれまで一度も弟に言ったことがなかったと気づかされた。そこで、あらためて言い直した。「今でもそうだ。おまえを心から愛しているよ、ナイル」

「うん」弟は咳払《せきばら》いをした。「それならよかった。ぼくも兄さんが大好きだよ」

「立派になったな。兄として誇らしい限りだ」

「ほんとに?」

「ああ、本当だとも」

少し間が空いたあと、ナイルがおずおずと尋ねた。

「あのさ、それなら兄さんにとって、ぼくはただの厄介なお荷物じゃなかったってことかな？」

「あたりまえだ。正直な話、おまえに言いたかったのはまさにその言葉だったんだ」

　彼はナイルと話したあと、コーマックにも電話をかけた。「悪いが今週いっぱい休みを取らせてくれ。ぼくが不在でも、月曜までなんとかなりそうか？」

「問題ないと思う。すべて予定どおりに進んでいるしね」弟は業務スケジュール表をざっと読みあげた。「うん、大丈夫だ。今週は税金の申告期限だけど、これはぼくの管轄だな。明日処理しておく」

「いざというときは早めに戻る。携帯へ電話を」

「わかった。ところで行き先は？」

「エレナがブラボー・リッジに招待されたらしい。いきなり訪ねて驚かせてやろうと思って」

「彼女なしでは生きていけないってわけか？」

「そういうことだ……あと、ちょっといいかな？　おまえは最高の弟だ。頼れるビジネスパートナーで、ぼくの腹心の友でもある。心から愛しているよ」

「ぼくも大好きだよ、兄さん。気をつけて行っておいで」弟は穏やかな声で言った。

「ありがとう。そうするよ」ローガンは答えた。

　火曜日、朝食を終えたあとでエレナはマーシーと一緒に子どもたちを連れてベランダへ出た。

　暖かな日差しの降り注ぐ、うららかな日だった。気温はしだいに上昇していたが、とりあえず爽やかな風が吹くので心地よい。

　本当に気持ちのいい朝だ。二脚の大きな白い揺り椅子に姉と隣り合って座り、目の前にはテキサスの青い空。足元で甥《おい》のルーカスがおもちゃのブロックを積んで遊んでいる。赤ちゃんたちはベビーサークルの中だ。姪《めい》のセレナはすやすやと眠っていて、息子のマイケルは姉がベビーサークルに取りつけた蝶《ちょう》のモビールがすっかり気に入ったらしく、目で追いながら楽しそうに笑っている。

エレナは目を閉じて揺り椅子の背に頭を預けた。昨日の朝、ローガンは彼女が帰宅の予定日を伝える前に電話を切った。少しでも早く妻から逃れたいと思ったかのように。

別に彼女が戻らなくてもかまわないと思っているみたいに。

ローガンのことを考えただけで気が重くなった。関係を改善したいものの、どうすればいいのか見当がつかなかった。

結局こうして彼女がここにいて、ローガンが向こうにいる限り、和解できる可能性はほとんどない。

これまでたいていの問題は独力で解決してきたが、一人ではどうしようもない問題もあるのだと、最近気づかされた。夫婦間のもめ事を収めるには、夫の協力がどうしても必要だ。

姉が彼女の腕にふれるのを感じた。姉の温《ぬく》もりが伝わってきた。エレナは自分がいかに恵まれた人生を歩んでいるかを考えた。愛する息子がいて、世界一好きな姉もいる。カブレラ家とブラボー家の双方に家族がいて、今ではローガンの弟や妹も加わった。わたしは家族を愛し、家族もわたしを愛している。

朝の静けさを破って、車の力強いエンジン音が聞こえてきた。

「誰か来たみたいね」姉はそう言ってエレナの腕をぎゅっと握った。

エレナは目を開け、体を起こした。玄関前の広いステップの下に車が止まった。窓が着色ガラスになっているので運転席に誰がいるのかは見えない。

それなのに彼女は奇妙な高揚感を覚えた。それが何なのかエレナにはわかっていた。希望だ。

運転席から降りてきたのは、夫のローガンだった。

16

エレナは揺り椅子から立ちあがった。どんな言葉でローガンを迎えるべきか、彼女にはわからなかった。だから何も言わなかった。たぶんそれがいちばんいい。せっかくの機会だ。たまには彼に最初の一言を何にするか考えてもらおう。

ローガンは玄関前のステップの下で立ち止まり、大きな手を目の上にかざして日差しをさえぎりながら言った。「やあ、エレナ」

彼女も言葉を返した。「おはよう、ローガン」

彼はエレナの背後にいた彼女の姉へ視線を移した。「どうも、マーシー。おじゃまするよ」

揺り椅子がきしむ音が聞こえた。「いらっしゃい、ローガン。久々の一人暮らしはどうだった？」

「寂しかったよ」

エレナの心臓が急に激しく打ちはじめた。まるであばら骨の中で野ウサギが跳ね回っているみたいだ。

気がつくと、ローガンはすでにステップを上って彼女の前に立っていた。健康的で引きしまった体。淡い茶色のシャツに同じ色のパンツを合わせている。でもよく見ると目の下に濃い隈《くま》ができていた。

ローガンは彼女を真《ま》っ直《す》ぐに見つめ、視線をそらそうとしなかった。温かくて鮮やかなグリーンの瞳。去年の春に彼と出会い、恋人になった。そして彼は真夜中の病室をハート形の風船とトロピカルフラワーの花束で飾り立て、エレナを感動させた……。

「エレナ」ローガンはかすれた声で言った。「二人きりで話をしたいんだが、いいかな？」

彼女は姉に尋ねた。「マイケルを頼んでいい？」

「もちろん」

ローガンはベビーサークルをのぞき込んだ。彼が唇の端をわずかに上げてほほえむのをエレナは見た。

「やあ、マイケル。元気だったかい？」

マイケルはきゃっきゃっと笑った。すでに自分の名前を知っていて、今呼びかけたのが父親だと理解できたかのように。

もう少し息子と一緒にいたいのではないかと思い、エレナはローガンを促した。「抱っこしてあげて。話はそのあとでいいから」

彼はふたたびエレナを見た。「いや、話が先だ」

エレナの頬が熱くなり、耳の中で脈が鳴り響いた。

「わかったわ。じゃあこっちへ」エレナはくるりと振り返り、大きな扉を開けて館の中へ入った。ローガンもあとに続き、扉を閉めた。彼女は夫の揺るぎない足音を背後に聞きながら、広い主階段を上っていった。

エレナが使っている部屋は、ドアが開いたままになっていた。彼女はローガンを中に招き入れた。

部屋は広く、前庭を臨む弓形の張り出し窓から明るい光がさんさんと降り注いでいた。アンティークのマホガニーの家具の横にベッドがあり、その奥にマイケル用の小さなベビーベッドが見えた。

エレナは張り出し窓の近くにあった花柄の椅子を身ぶりで示した。椅子は二脚あってローガンはその一つに座り、エレナも反対側の椅子に腰をおろした。

部屋の中はしんと静まり返ったが、エレナは耳の奥で血がどくどくと音をたてて勢いよく流れているのを感じた。

しばらくしてローガンがやっと重い口を開いた。

「きみがいなくて寂しかった。きみに会いたくて、会いたくて、たまらなかった」

信じてもいいのだろうか。彼女は身を硬くした。胸の鼓動だけは、少し収まっていた。

彼はさらに続けた。「あんな態度をとって本当に悪かった。実は……きみがいないあいだにある女性と会った。以前デートをした相手だ」

「ある女性と……会った？」

彼はうなずいた。「きみが病院でマイケルを出産中だとケイレブから聞いたとき、ぼくはその女性とレストランにいた。電話を切ってすぐに彼女を家に送り届け、その後は一度も連絡していなかった」

「いったいなんなの、ローガン？　なぜ別の女性の話をわたしにしているの？」

ローガンは彼女をじっと見た。「していない」

「でも、確かに今――」

「誓って言うが、これは別の女性の話ではない。断じて違う。きみの話をしているんだよ。その女性と食料品店でばったり会い、ぼくは結婚したと伝えた。すると相手はおめでとうと言い、ぼくはどうもと応えて別れた。それだけだ。ぼくの頭にはきみのことしかなかった」

「わたしのこと？」

「そうだ」ローガンの顔がぱっと明るくなり、急に若々しくなった。「きみはぼくにとって唯一無二の女性だ。ほかのどんな女性でもだめだ。妻だからというだけではなく、ぼくがきみを愛しているからだ。きみ以外の女性と人生をともにするつもりはない。自由になんかなりたくない。それが今のぼくの正直な本音だ」彼は右手を上げて宣誓のポーズをとった。「これは間違いなく、ぼくが自分で考えた言葉だ。誰からも教わっていない。ケイレブとはもう何週間も連絡を断っている」

エレナは込みあげる涙で喉が詰まりそうになり、頭をぶるっと振った。「でも、あなたは――」

「自分が何を言っているのかはわかっている」彼は身を乗り出した。「きみへの理不尽な怒りは、実際にはきみに落ち度があったのではなく、ぼく自身の問題だった。かつて弟や妹の世話を引き受けたとき、みずからそうすると決めたくせに、心のどこかで納得していなかった。自分でも気がつかないうちに、愛するものに怒りをぶつけていた。今回も同じだ。心の底から愛していながら、怒りを引きずっていたせいできみを苦しめてしまった」ローガンは優しい目でエレナを見つめた。「きみは……こんなぼくに幻滅して逃げ出したのか？」

　エレナは顔を上げ、ローガンの潤んだ瞳をじっとのぞき込んで言った。「ばかね。逃げ出すも何も、わたしはずっとあなただけのものよ」そして思いを込めてささやいた。「どんなときも《シェンプレ》」それは手術後に目覚めた父が、最初に母へ伝えた言葉だった。

「エレナ……」ローガンは祈りにも似た想《おも》いを込め、彼女の名前を呼んだ。

　いつの間にか二人は立ちあがり、降り注ぐ陽光の中にたたずんでいた。エレナの目からあふれた涙が頬を伝った。ローガンはおずおずと腕を伸ばして、彼女の頬にふれた。エレナの顔を愛《いと》おしげに両手で包み込むと、無骨で温かな指で彼女の涙を拭った。

「きみを心から愛している。ぼくは身も心もすべてきみへの愛に捧《ささ》げると誓う。この愛を止めることは誰にもできない」そして彼はエレナに顔を寄せた。

　ローガンは彼女の唇を優しいキスで奪った。そのキスは二人がこれまで歩んできた人生と、これから築いていく幸せな家庭を象徴するようなキスだった。二人の今後の人生に数多くの喜びと試練が与えられ、たまには喧嘩《けんか》もするにせよ、あまたの祝福を受けて満ち足りた日々を送ることを約束するキスだった。

　やがて彼は唇を離して言った。「もう一度ぼくとやり直してくれるかい？」

　エレナは涙を流しながらにっこりほほえんだ。

「知らなかったの？　わたしは何があってもあなたを離さないわ。絶対に」

ハーレクイン®

小さな命を隠した花嫁
2025年2月20日発行

著　　者　クリスティン・リマー
訳　　者　川合りりこ（かわい　りりこ）

発 行 人　鈴木幸辰
発 行 所　株式会社ハーパーコリンズ・ジャパン
東京都千代田区大手町 1-5-1
電話 04-2951-2000（注文）
0570-008091（読者ｻｰﾋﾞｽ係）

印刷・製本　大日本印刷株式会社
東京都新宿区市谷加賀町 1-1-1

表紙写真　© Vladimirchmut | Dreamstime.com

造本には十分注意しておりますが、乱丁（ページ順序の間違い）・落丁（本文の一部抜け落ち）がありました場合は、お取り替えいたします。ご面倒ですが、購入された書店名を明記の上、小社読者サービス係宛ご送付ください。送料小社負担にてお取り替えいたします。ただし、古書店で購入されたものについてはお取り替えできません。®とTMがついているものは Harlequin Enterprises ULC の登録商標です。

この書籍の本文は環境対応型の植物油インクを使用して印刷しています。

ISBN978-4-596-72191-4 C0297

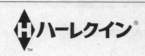

今月のハーレクイン文庫

2月1日刊

珠玉の名作本棚

「コテージに咲いたばら」
ベティ・ニールズ

最愛の伯母を亡くし、路頭に迷ったカトリーナは日雇い労働を始める。ある日、伯母を診てくれたハンサムな医師グレンヴィルが、貧しい身なりのカトリーナを見かけ…。

（初版：R-1565）

「一人にさせないで」
シャーロット・ラム

捨て子だったピッパは家庭に強く憧れていたが、既婚者の社長ランダルに恋しそうになり、自ら退職。4年後、彼を忘れようと別の人との結婚を決めた直後、彼と再会し…。

（初版：R-1771）

「結婚の過ち」
ジェイン・ポーター

ミラノの富豪マルコと離婚したペイトンは、幼い娘たちを元夫に託すことにする――医師に告げられた病名から、自分の余命が長くないかもしれないと覚悟して。

（初版：R-1950）

「あの夜の代償」
サラ・モーガン

助産師のブルックは病院に赴任してきた有能な医師ジェドを見て愕然とした。6年前、彼と熱い一夜をすごして別れたあと、密かに息子を産んで育てていたから。

（初版：I-2311）